M A N
A L I V E

옮긴이 / 김승욱

성균관대학교 영문학과를 졸업하고 뉴욕시립대학교에서 여성학을 공부했다. 동아
일보 문화부 기자로 근무했으며, 현재 전문 번역가로 활동하고 있다. 옮긴 책으로
『스토너』,『푸줏간 소년』,『그들』,『분노의 포도』,『기묘한 진실』,『리스본 쟁탈전』,『대
담한 작전』,『노년에 대하여』,『사형집행인의 딸』,『우아한 연인』등이 있다.

MAN
ALIVE
맨 얼라이브°

남자를 살아내다

토머스 페이지 맥비

김승욱 옮김

북트리거

추천의 글

『맨 얼라이브』는 달콤하고 여린 상처가 담긴 회고록이다. 토머스 페이지 맥비는 어린 시절의 상처에서부터 오클랜드에서 당한 강도 사건에 이르기까지, 자신이 지금과 같은 남자의 모습에 이르게 된 과정을 솜씨 있게 전달한다. 오클랜드 강도 사건에서 그는 자신의 몸이 스스로를 구할 능력을 갖고 있음을 알게 되었다. 이 회고록은 용서와 자기 발견을 다루고 있지만, 그보다는 사랑 이야기가 더 많은 부분을 차지하고 있다. 맥비는 그 유능한 손으로 우리를 이끌어, 찬란하게 살아 있는 남자가 되는 데 무엇이 필요한지 우리에게 보여 준다.

— 록산 게이(『나쁜 페미니스트』 저자)

『맨 얼라이브』를 읽으니, 마치 옆에 앉은 누군가가 지금과 같은 힘, 통찰력, 민첩성, 사랑을 얼마나 힘들게 얻었는지, 그 흔적을 우리가 바라볼 수 있도록 양손을 펼쳐 들고 내밀어 보여 주는 것 같다. 맥비는 이렇게 썼다. "내가 누구의 자식이든, 내 몸은 내 것이다." 맥비의 책은 과장하지 않았는데도 밝게 빛나며, 삶을 지탱해 주는 침착함을 향한 여행을 우아하고 관대하게 기록했다. 이런 침착함은 박탈에서 도망침으로써 얻어지는 것이 아니라, 바로 박탈에서 퍼져 나온다.

— 매기 넬슨(『블루엣』 저자)

『맨 얼라이브』는 단순히 트랜스젠더 남성의 이야기가 아니다. 자기 발견의 이야기이며, 인내심, 용서, 상냥함, 용기에 대한 이야기이다. 이 아름답고 선명한 이야기에 우리는 자신이 걸어온 길을 겹쳐 볼 수밖에 없다. 토머스 페이지 맥비는 이 책에서 우리 모두가 마땅히 지향해야 하는 것, 즉 자신의 이야기를 선정적인 방식이 아니라 인간적인 방식으로 들려주는 일을 정확히 해냈다.

— 로렌 모렐리(〈오렌지 이즈 더 뉴 블랙〉넷플릭스 작가)

몸의 변화는 잃어버린 몸을 되찾는 작업의 일부다. 그러나 먼저 폭력과 남성성의 관계를 이해해야 했으므로, 그는 원래 의도했던 일과는 정반대의 일을 하고 만 두 남자, 즉 그를 보호해야 했으나 학대한 사람과 그를 죽이려 했으나 살려 준 사람의 사례를 이용했다. … 그 과정에서 글을 쓰는 행위는 일종의 복수가 될 수 있었다. 그러나 복수보다는 공감이 맥비의 목적이었으며, 이는 자신의 눈앞에 실재하는 사람으로 변해 가는 과정에서 가장 중요한 부분이었다. 그는 '인간으로 살아간다는 것은 곧 남들의 자비에 자신을 맡긴다는 뜻'이라는 결론을 내린다. 이것도 그가 지향하는 목표 중 하나다. 우리는 인간으로 태어나지만, 힘든 노력을 기울여야 인간성을 획득할 수 있다.

— 《뉴욕타임스북리뷰》

이 서정적이고 감동적인 회고록에서 맥비는 … 남성이 되기 위한 자신의 여정을 기록하려 (시도한다.) … 맥비가 가장 취약한 순간에, '내 마음속 모습과 거울에 비친 모습 사이에서 진동하는 이상한 에너지'에 대해 곰곰이 생각하는 장면에서 그의 글이 가장 빛을 발한다.

— 《보스턴글로브》

『맨 얼라이브』는 반드시 읽어야 하는 중요한 책이다. 맥비의 이야기는 아동학대의 후폭풍마저 분명히 짚고 넘어갈 수 있을 만큼 강력한 변신, 자기 탐구, 관대함의 힘을 보여 준다. 맥비는 자신의 이름과 성별을 드러내는 대명사를 우연히 얻게 되어 뜻하지 않게 쓰고 있는 대부분의 사람들과는 달리, '토머스'라는 이름을 얻는 것이 자신에게 어떤 의미인지, 치열한 통찰과 고민 끝에 스스로에게 적용한 대명사인 '그'가 어떤 의미인지 보여 준다.

— 《로스앤젤레스리뷰오브북스》

"무엇이 남자를 만드는가?"라는 처음의 질문에 대한 맥비의 답변은 평범하고 이분법적인 젠더 논쟁이 내놓을 수 있는 답변보다 더 관대하고, 더 영감을 주고, 더 창의적이다. 맥비의 사색은 용기가 넘치며, 깨끗한 시선으로 멀리까지 내다볼 줄 아는 연민이 가득하다. 지나친 감상이나 희생양, 진부한 표현 없이도 그는 자아의식을 확립했다. 그가 이렇게 힘들게 얻은 자아의식은 내적인 부조화로 몸부림친 모든 독자에게 반드시 새로운 용기를 줄 것이다.

— 《퍼블리셔스위클리》

통과의례를 다룬, 독특하고 강렬한 회고록. … 선정적으로 (또는 감상적으로) 흐르기 쉬운 이야기인데도, 맥비는 커다란 절제력을 발휘해서 다양한 이야기 가닥을 잘 엮어 냈다. … 저자는 약혼녀와의 사이에 오가는 긴장감과 사랑에 대해, 그리고 자신의 혈통과 친부 확인을 위한 자기 발견의 여행에 대해 있는 그대로 자세히 서술한다. 저자는 이렇게 썼다. "세상은 사악하면서 아름답고, 어느 정도는 불가해하다. 하지만 그로 인해 이야기를 원하는 우리의 소망이 사그라들지는 않는다." 대가의 솜씨로 만들어진 대단한 이야기다.

— 《커커스리뷰》

재즈 같다. 손에서 놓을 수 없다. 생생하다. 극적이다. 맥비의 이야기를 설명할 수 있는 더 나은 말을 찾기 힘들다. …『맨 얼라이브』는 창의적인 논픽션 장르뿐만 아니라 트랜스젠더의 이야기에 대한 통찰력 또한 독자에게 제공해 준다. … 맥비는 성전환과 더불어 그 밖의 핵심적인 사건들을 다룸으로써 점점 성장하고 있는 트랜스젠더 문학의 한 축을 형성한다. …『맨 얼라이브』의 첫 문장이 이 책의 초점을 보여 준다. "무엇이 남자를 만드는가?" 불확실성, 갈망, 기만적인 단순함, 물리적인 의미보다 신화적인 의미를 향한 집념, 저변에 깔려 있는 잠재적인 어둠과 해방의 가능성. 이를 통해 그는 갓 성년이 된 젊은이가 거쳐 가는 삶의 경로를 그려 낸다. 그 삶은 '여성'의 몸이 남성으로 변하는 외적인 변화에 빚진 것이 전혀 없으며, 그 변화보다 훨씬 더 많은 것을 의미한다.

— 《람다 리터러리리뷰》

차례

이 책은 논픽션이지만 내 기억에 의존하고 있으므로,
그 기억 속의 환상, 망령, 착시 현상 또한 포함돼 있다.
순전히 나의 시각으로 본 진실을 담은 책이다.
많은 등장인물의 이름은 본명이 아니다.

마이클에게 감사를 담아.

그리고 어떤 모습이든 어떤 사람이든 여러분 모두에게.

◇ 일러두기

1. 본문에 등장하는 도서는 『 』, 잡지나 정기 간행물은 《 》, 영화나 노래 등은 〈 〉으로 묶어 표시했다.

2. 옮긴이의 주석은 본문 괄호 속에 넣고 '옮긴이'라고 표기했다.

3. 저자가 이탤릭체로 강조한 부분은 한국어판에서 볼드체로 처리했다.

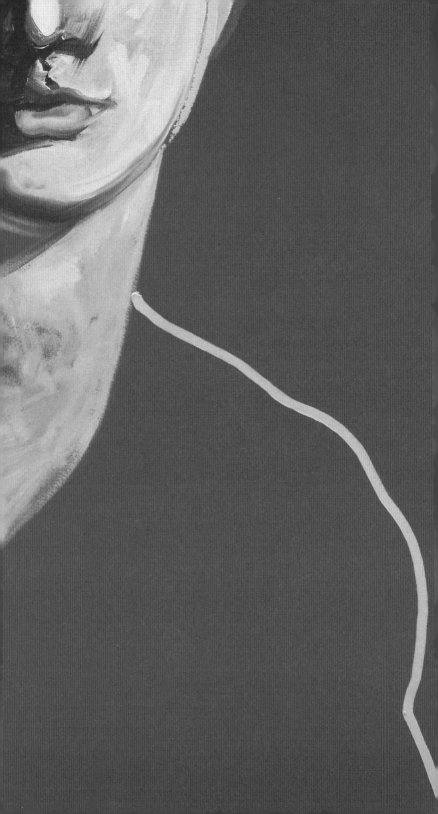

프롤로그

무엇이 남자를 만드는가?

내가 남자들을, 그들의 근육, 그들의 비속어, 그들의 아름답고 뻣뻣한 털을 연구하지 않은 것은 아니다. 하지만 4월의 어느 추운 날 내게 총구가 겨눠지는 경험을 하지 못했다면, 나는 답을 알지 못했을 것이다.

진짜 남자, 가정적인 남자, 말보로 맨, 남자다운 남자.

거울 속의 남자.

나는 어렸을 때 마이클 잭슨의 이 노래(〈거울 속의 남자The Man in the Mirror〉-옮긴이)를 좋아했다. 나의 여자다운 엉덩이를 잊어버리고, 내가 상상하는 최고의 나 자신을 향해 이 노래를 부르곤 했다.

무엇이 남자를 만드는가? 그 답을 알고자 하는 욕구가 나를 덥고 습한 사우스캐롤라이나에 있는 아버지의 고향으로 이끌었다. 이 이야기는 그곳에서부터 시작된다. 내가 이 의문을 더 이상 모른 척할 수 없게 되었을 때, 몇 년마다 한 번씩 이 의문이 다시 고개를 쳐드는 것을 견딜 수 없게 되었을 때, 나는 그곳으로 갔다. 술을 진탕 마시고 나서, 나와 거울에 비친 내 모습과 굶주린 내 영혼을 마주했을 때. 나는 모자를 깊게 눌러 쓰고, 렌터카를 몰아 늪 같은 남부를 달렸다. 나는 십 대 소년처럼 우쭐거리며 걸었고, 가슴에는 미소 짓는 입술 모양의 흉터가 있었다. 그리고 이제 막 사랑하기 시작한 몸이 있었다.

하지만 이 이야기의 시작점은 하마터면 내가 죽을 뻔한 그날 밤이기도 하다. 2010년 4월의 그날. 그리고 아버지가 괴물이 된 1985년, 아버지가 괴물임을 엄마가 알아차린 1990년도 이 이야기의 시작점이다.

"남자들이란." 그때 엄마는 이렇게 말했다. 그리고 나도 엄마와 똑같이 말하는 법을 배웠다. 입에 레몬을 문 것 같은 기분으로.

사우스캐롤라이나에서 나는 열린 창문을 통해 그 냄새를 맡았다. 악어와 비밀의 냄새. 셔먼의 대행진(남북전쟁 때 북군이 남부의 주요 도시를 초토화하며 진격한 작전-옮긴이)이 남긴 깜부기불의 냄새. KKK단의 냄새. 아버지의 농가와 밭이 불타던 냄새. 나의 동물적인 두려움과 그 두려움을 숨기려고 사용하던 강렬한 데오도런트와 비슷한 냄새였다.

남자들이란. 나는 옛날의 그 쓸쓸함을 담아 속으로 중얼거렸지만, 내 몸은 벌써 변하고 있었다. 사실 내가 그곳에 간 이유가 그것이었다.

좋은 남자는 찾기 힘들다.

자동차 앞 유리창이 흐릿해졌다. 길은 새카맣고, 빗줄기는 성경 속 홍수 같았다. 총을 장착하고 달리는 픽업트럭을 다섯 대째 지나치고 나니 고속도로 변의 싸구려 모텔에 묵는 건 그리 좋은 생각 같지 않았지만, 이제 와서 돌아설 수는 없었다.

한번 움직이기 시작한 몸은 계속 움직인다. 물리학자인 어머니가 내게 해 준 말이다.

사실 이것은 유령 이야기다. 아니, 모험담이다.

내가 어떻게 유령 같은 삶을 그만뒀는지 들려주는 모험담이다.

I

꼼짝 마

1.

오클랜드
2010년 4월, 29세

파커에 대해 꼭 알아야 할 것이 있다. 그녀의 보폭이 큰 걸음걸이, 재치, 질책에는 마법이 깃들어 윙윙거리며 진동하는 것 같았다. 남부의 예의 때문에 조금 부드러워지기는 했어도, 그녀는 때로 칼날처럼 날카로워져 누구든 쉽사리 그 칼 앞에 서는 처지가 될 수 있었다. 나는 그녀가 길에서 여자들에게 못된 소리를 외쳐 대는 놈들의 기를 죽여 버리는 모습도 보았고, 진짜 진상 같은 룸메이트에게 욕을 계속 퍼부어서 결국 놈이 사라지게 만드는 것도 보았다. 그놈은 한 달도 못 돼서 짐을 꾸려 떠나 버렸다.

마치 허리케인을 사랑하는 것 같았다.

그날 밤 그녀는 새 신발이 든 비닐봉지를 어깨에 둘러메고 흥분해 있었다. 우리는 그날 샌프란시스코에서 시간을 보내며 빈둥거리다가 연극을 보았다. 3대에 걸친 여자들의 이야기였는데, 우리 둘 다 별로라고 생각했다. 왠지 이런 연극은 항상 여자들 3대의 이야기를 하는 것 같았다. 나와 함께 바트(BART) 역을 나와 오클랜드의 우리 동네로 가면서 파커는 평소 그냥 재미 삼아 웃기고 신랄한 자유연상으로 장광설을 늘어놓을 때의 말투로, 여자를 꼭 가정과 연결시키는 것이 마음에 들지 않는다고 대략 이야기해 주었다.

파커는 그때 그녀 나름의 누벨바그 단계에 있었는데, 그것이 잘 어울렸다. 짧은 머리, 줄무늬가 잔뜩 들어간 셔츠. 〈네 멋대로 해라 *Breathless*〉에 출연한 진 세버그(누벨바그의 상징적인 여배우-옮긴이) 같았다. 파란 눈이 접시만큼 컸다. 때로 파커는 가차 없는 판단을 내리기도 했지만, 그 속에 품고 있는 상냥함이 너무 분명해서 지켜보기가 거의 괴로울 정도였다. 내가 손을 꼭 쥐어 주었더니 그녀가 깜짝 놀라서 내 눈을 지그시 바라보았다.

"뭐야?" 파커가 물었다.

나는 고개를 저었다. 사귄 지 6년째였으니 그녀는 답을 알고 있었다.

보통 파커는 우쭐거리는 편이었다. "나는 모든 일에 대해 내 의견이 있어."

"고래에 대해서도?" 내가 물었다.

"정말 좋아하지! 생태계의 열쇠야. 멋져."

나는 무엇보다 재미없고 지루한 주제를 생각해 내려고 애썼다.

"주택단지는?"

"벽돌은 우울하고 나무는 귀여워."

파커는 밤늦게 집까지 걸어가는 것에 대해서도 단호한 입장이었다. 나는 그 이유를 알았다. 침대 밑에 숨어 있는 남자를 발견한 친구, 집에 강도가 들어 의자에 묶인 친구, 벌건 대낮에 아무런 이유도 없이 얼굴을 주먹으로 맞은 친구 때문이었다.

그날 밤의 안개는 최악이었다. 숨을 쉬면 안개가 몸속으로 들어와 그대로 들러붙는 것 같았다. 나는 옷깃을 올리고, 모자를 눌러쓰고, 후드도 썼다. 우리가 그날 밤길을 걸은 것은 택시를 탈 돈이 없었기 때문이다. 겁을 먹을 여유가 없었기 때문이다. 내게 그것은 곧 용감해져야 한다는 뜻이었다. 하지만 그날 파커의 기분이 좋았고, 내가 걸어가자고 그녀를 설득했다는 것이 가장 큰 이유였다.

우리는 40번가를 걷기 시작했다. 나는 움찔거리는 심장을 무시한 채, 허리를 똑바로 펴고 걸었다. 어렸을 때 이후로 내가 배운 것이 있다면, 인생을 제대로 시작하고 싶은 사람은 마땅히 그럴 준비가 되었다는 듯이 허세를 떨어야 한다는 것이었다.

바보 같은 짓인지도 모르지만, 나는 움찔거리는 심장을 인정하느니 차라리 전쟁터를 우쭐거리며 돌아다닐 것이다.

2.

피츠버그

1990년, 9세

"엄마한테는 다 말해도 돼." 엄마가 눈을 크게 뜨고 말했다. 목이 서서히 벌겋게 물들고 있었다. 엄마는 기운차게 날아가는 듯한 글씨로 내 말을 모두 받아 적고 있었다. 1985-1990. 엄마는 기록을 위해 연대를 적어 둔 것이라고 말했다.

그때 나는 엄마에게 아빠의 손가락에 대해 이야기했다. 수영장에서, 외삼촌의 장례식장으로 가던 차 안에서, 엄마가 장을 보러 간 일요일 오후에 있었던 일에 대해서. 나를 찾으러 올 사람이 아무도 없다는 사실을 아는 아빠는 엘리와 스콧을 텔레비전 앞에 앉혀 두었다. 엘리와 스콧과 나는 각각 두 살 터울이었지만, 우리 셋은 각자 다른 집에서 다른 엄마 아빠와 함께 살고 있는 것 같았다. 우리의 유년기는 나란히 이웃하고 있었지만, 서로 별개의 것이었다.

나의 유년기는 초콜릿 우유, 과학 박람회, 캠핑, 아빠의 뜨거운 숨결이 유독 도드라지던 일들로 이루어져 있었다. 나는 옷장 바닥에 앉아 신발을 벽에 던졌다. 집 뒤의 숲을 사슴처럼 뛰어다녔다. 아주 사소한 일을 하나 골라 고대하며 집착했다. 나는 아빠의 침대 위에서 내일을 향해 뛰어내려, 내 발에 닿은 축구공이 높이 날아 골대 구석에 즐겁게 처박히는 것을 느꼈다.

이미 벌어진 일들은 사실이지만, 그 이야기는 조각조각 흩어져 있다. 가장 무서웠을 때의 그 소금 냄새 나는 공포, 꼼짝도 할 수 없던 경험, 몸이 갈라지던 순간을 잡아내기가 지금도 힘들다. 그때 내가 어떻게 몸을 잃었는지, 아니 내가 몸을 잃어버린 두 가지 다른 경우를 어떻게 하나로 뒤섞었는지.

나는 여자로 태어났다. 그것이 사실이다. 나는 스스로 남자라고 생각했으며, 그것이 말이 되는 것 같았다. 타고난 신체라는 복잡한 문제가 나를 찔러 대기 시작한 것은 한참 나중의 일이다. 사람들은 나의 남성성이 항상 존재하고 있다고 말했다. 무릎이 찢어진 청바지에, 내가 구축한 남자의 성(城)에, 내 짧은 머리에 그 청사진이 있다고 말했다. 어쩌면 맞는 말일 수도 있겠지만, 이 이야기 속에서 내가 모든 답을 아는 것처럼 굴고 싶지는 않다.

내가 말하고 싶은 것은, 나중에 내가 욕조에서 책을 읽을 때 나의 작은 다리, 손, 몸통을 다시 느끼곤 했다는 것이다. 살아 있다는 것은 그런 것이다. 몸을 깨끗이 닦고 내가 이해할 수 있는 책에 푹 빠져서 강렬한 비누 냄새를 맡으며, 까끌까끌한 욕조 바닥까지 내 따뜻한 피부의 경계선을 만져 보는 것.

습한 욕실에서 『위대한 유산』이 내 말동무가 되어 줄 때면 한 번도 외로움을 느낀 적이 없었다. 하지만 내가 핍(『위대한 유산』의 남자 주인공-옮긴이)의 비극적이고 낭만적인 희망 속에서 나 자신을 보았을 때 내 몸이 다시 반짝반짝 되살아난 것을 이해할 사람은 아무도 없을 것 같다. 나는 핍의 집요한 믿음에 감탄했다. 그가 실패했을 때조차. 그가 뭔가를 믿는 것이 나는 좋았다. 엄마는 오랫동안 나를 핍이라고 불렀지만, 나와 핍의 닮은 점에 대해 엄마가 나와 같은 생각을 하고 있었는지는 끝내 알지 못했다. 내가 변한 뒤에 엄마는 한 번 엄마답지 않게 나를 '귀여운 아들'이라고 부른 적이 있다. 그때 나는 엄마에게는 핍과 나의 닮은 점이 어쩌면 그렇게 아주 단순한 부분이었을지도 모른다는 생각이 들었다.

욕조에서 책을 읽던 일을 엄마에게는 말하지 않았다. 그랬다가는 죄책감이 엄마의 눈을 가려 엄마가 유령처럼 굴면서 내 말을 들으려 하지 않을 것 같다는 직감이 들었기 때문이다. 엄마가 직접 진한 스크루드라이버를 타서 마시고는, 날이 저물어 가는데도 램프를 켤 생각도 하지 못할 만큼 취해 버리는 건 내가 원하는 일이 아니었다.

대신에 나는 엄마에게 내 이야기를 엄마 나름대로 번역해서 파란 글씨로 적어도 좋다고 허락했다. 엄마의 손이 자신 있게 종이 위를 움직였다. 엄마는 서류철 안에 깔끔하게 정리된 종이들을 참고해서 우리가 빠뜨린 것이 없는지 확인할 것이라고 말했다. 그때 나는 몰랐지만 우리는 파산 직전이었다. 그래서 엄마는 아빠를 우리에게 묶어 두고 싶어 했다. 내 이야기를 적어 두는 것은 정의를 위한 엄마 나름의 노력이었다. 엄마는 이 이야기를 협박처럼 아빠의 머리에 매달아서 우리를 경제적으로 보호해 주려고 했다. 하지만 결국 나를, 우리 모두를 살아 있게 해 준 것은 내 이야기가 아니라 나의 침묵이었다.

"사실대로 말해 봐." 엄마는 이렇게 말했지만 나는 사람들이 이 말을 진심으로 하는 경우는 거의 없다는 사실을 그때도 알고 있었다. 그래서 나는 거실에서 있었던 일, 내가 토했던 것, 아빠의 끔찍한 맛, 비누와 물로 입을 씻었지만 도무지 깨끗해진 기분이 들지 않던 것을 엄마에게 말하지 않았다.

나는 우리 집 옆에서 자라는 나무들을 창문으로 바라보았다. 무릎에는 긁힌 상처가 있고, 머리는 콕콕 쑤시면서 욱신거렸다. 10년만 지나면 괜찮아질 거야. 나는 나 자신에게 약속했다. 10년은 내가 살아온 세월과 비슷해서 엄청나게 멀어 보였지만, 나는 거기에 희망을 걸었다. 누가 심장을 꽉 조이는 것 같았다. 엄마와 눈이 마주칠 때마다 무서워서 숨이 막혔다. 엄마가 낯선 사람 같았다. 엄마의 뒤로 보이는 집이 기울어져 있는 것 같았고, 지나치게 밝았다. 아빠가 나를 더듬어 대는데도 나는 시(詩)와 수영 대회로 이루어진 삶을 살았다. 이제 내가 정확히 무엇을 잃게 될 것인지 알 수 없었다.

"난 네 아빠가 싫어." 엄마의 선언에 나는 화들짝 놀라 얇은 침묵에서 깨어났다. 그리고 고개를 끄덕였지만 다른 반응은 보이지 않았다. 그 이유를 내게도 엄마에게도 설명할 수 없었다.

"처음 그 일이 일어난 때를 떠올려 봐." 엄마의 목소리가 들렸다. 수학 시험을 앞두고 내게 미리 문제를 풀어 보게 시키기라도 하는 사람처럼 사무적인 목소리였다. "엄마한테는 무슨 말이든 해도 돼." 엄마가 좀 더 부드러운 목소리로 덧붙였다.

여름 내내 내가 찍은 사진들이 저절로 생각났다. 털은 마구 뭉쳐 있고, 코에는 딱지가 앉은 떠돌이 개들을 찍은 사진. 내가 보기에 세상은 아름답지만 망가진 것들이 있는 장소였고, 나는 그것들을 모두 사랑하고 싶었다.

나는 신발 끈을 만지작거리며 엄마의 시선을 맞받았다. 너덜너덜한 가슴속에서 뭔가가 움직였다. 새 떼가 떠날 준비를 하고 있었다. 나는 나 자신을 놓아 버렸다.

"내가 네 살 때예요." 내가 이야기를 시작했다. "옛날에 살던 그 집에서."

내 목소리가 다른 사람의 것 같았다. 두려움과 나란히 자리한 차분함을 어떻게 해석해야 할지 알 수 없었다. 나중에 내가 아빠보다 더 힘이 세다고 되새긴 것을 어떻게 설명해야 할지, 그 난폭함과 두려움을 모두 작고 단단하게 꾹꾹 눌렀더니 그것이 내 배 속에서 불꽃놀이처럼 터져 버렸으며 그 뒤에 아름다운 것이 남았다는 사실 또한 어떻게 설명해야 할지 알 수 없었다.

나는 언제 어디서 어떻게 아빠가 내 몸에 손을 댔는지 이야기하면서 엄마가 고통스러운 표정으로 집중하는 모습을 지켜보았다. 내가 이 세상의 존재가 아니라 나무로 만든 꼭두각시가 된 것 같았다. 문장을 하나하나 받아 적는 엄마를 지켜보는 심정이 그랬다. 내가 시선을 천천히 돌리자 글자들이 하나로 뭉개지더니, 단어들이 더 이상 내 것이 아니게 되었다.

3.

오클랜드
2010년 4월, 29세

땀투성이 털모자를 눈썹까지 내려쓰고 평평한 가슴 위까지 재킷 지퍼를 잠갔는데도, 목소리의 톤을 조절하고 우쭐거리듯이 걸었는데도, 발렌시아 거리의 화려한 스페인 음식점의 여주인은 내가 여자임을 알아보았다. 그녀는 파커와 나를 창가 테이블로 데려가면서 여자 손님을 부르는 호칭을 수류탄처럼 어깨 너머로 던졌다. 나는 이미 몇 시간 전에 차려입은 내 옷차림을 어두운 마음으로 다시 꼼꼼히 되새겨 보았다. 어디가 잘못된 거지? 그녀가 내 조붓한 얼굴과 호리호리한 몸을 보고 굳이 나를 남자로 여겨 주기를 바란 것은 아니었지만, 어떻게 나를 '여자'로 생각한 것일까?

파커는 이제 지겹다면서 그런 이야기는 그만하자고 말했다. 불안해진다는 것이었다. 그녀는 시간이 늦어진 것 때문에 짜증을 내면서, 바트 역에서 1.5킬로미터쯤 떨어진 집까지 냄새나는 택시를 타지 않기로 한 것이 잘못이었다고 갑갑해했다. 차가운 안개가 파커의 얼굴에 달라붙어 얼굴에서 윤이 나는 것 같았다.

"난 여기가 싫어." 파커가 선언했다.

"알아." 나는 그 여자의 흡족한 표정을 생각했다. 짧은 머리와 근육질의 레즈비언들이 우글거리지 않는 곳이 더 편할 것 같았다. 그런 곳에서는 웃어서 주름살이 생기기 시작한 얼굴이나 엉덩이의 가벼운 움직임만으로 내가 십 대 소년이 아니라는 사실을 알아차리는 사람이 없을 것이다.

검은 비닐봉지 하나가 바트 역의 주차장을 에워싼 울타리에 매달려 펄럭거렸다. 거리에는 그 봉지가 부스럭거리는 소리뿐이었다. 스케이트보드를 탄 십 대 한 명이 덜컹거리며 옆으로 지나가는 바람에 내 팔의 털이 곤두섰다. 저 앞에서는 대학생 또래의 여자가 헤드폰을 낀 채 혼자 걷고 있었다. 저러다 무슨 일을 당하지.

"저 여자 괜찮을 것 같아?" 나는 이게 혹시 성차별 발언이 아닌가 의심하며 물었다.

"누구 못지않게 괜찮겠지." 파커의 표정이 확고했다. "우린 길이나 건너자."

우리는 항상 41번가 쪽으로 갔다. 40번가가 더 위험했기 때문이다. 최신식 맥앤치즈 식당과 화려한 오토바이 상점이 있는데도, 차압 당해서 문을 닫은 곳이 많았다.

망해 가는 쇼핑가의 슬픈 도넛 가게 앞을 지난 뒤, 우리는 핵가족용 주택과 새로 지은 콘도가 있는 41번가로 방향을 틀었다. 나는 불안감을 떨쳐 버릴 수 없었다. 내 플란넬 셔츠의 옷깃 속으로 안개가 기어들어오고 있는 탓이었다. 주택들 앞마당에 정원용 도구와 공이

버려진 채 놓여 있었다. 세발자전거는 옆으로 쓰러져 있었다. 마치 내가 이제야 비로소 느끼기 시작한 어떤 것을 피하려고 모든 사람이 도망쳐 버린 것 같았다.

몸속에서 뭔가가 느껴졌다. 날카롭게 붕붕거리는 소리가 점점 커지는 느낌. 놈을 눈으로 보기 전에 소리가 먼저 들렸다. 가벼운 발소리가 지나치게 빨랐다.

우리는 쓰나미를 만난 바닷새 두 마리처럼 그 소리를 향해 고개를 돌렸다. 우리가 교차로 신호등 앞에 서 있는 동안 남자는 내가 걱정했던 여자와 40번가로부터 점점 멀어졌다. 그는 이어폰을 끼지도 않았고, 손에 가방을 들고 있지도 않았다. 그는 고장 난 가로등 아래에서 검은 후드티를 입은 실루엣에 불과했다. 나는 스치듯이 그의 얼굴을 보았다. 잘생긴 얼굴이 조금 제정신이 아닌 것 같은 표정을 짓고 있었다. 그리고 나서 나는 파커와 함께 길을 건너, 그를 뒤에 남겨 두고 계속 41번가를 걸었다.

이상하게 굴지 말자고 나는 속으로 되뇌었다.

파커의 군더더기 하나 없는 씩씩한 걸음걸이를 나는 좋아했다. 파커는 대학 때부터 그렇게 걸었다. 신발 속에 칼을 하나 숨겨서 가지고 다니는 법, 상대에게 주먹을 먹이는 법도 터득했다. 언제나 빗나가는 법이 없는 솜씨를 자랑스러워하는 그녀의 자부심이 그 걸음걸이에 고스란히 드러났다.

남자가 그녀의 발걸음과 보조를 맞추는 소리가 들렸다. 그의 걸음걸이가 왠지 거슬렸다. 텅 빈 거리에 어울리지 않게 너무 절제되어 있고, 너무 서두르는 걸음이었다. 동네의 집들과 텔레비전 소리와 개 짖는 소리가 뒤로 물러나는 것 같았다. 내게 위험을 경고하는 작은 종이 울렸다. 도망쳐. 그 종소리가 말했다.

나는 그 경고를 무시했다. 파커. 나는 생각의 초점을 맞추려고 애썼다. 이것은 중요한 일이었다. 내가 그녀를 사랑하는 것은 신발 속에 숨긴 칼 때문만은 아니었다. 아무도 없을 때의 그녀 모습이 좋았다. 이 말을 해 줬으면 좋았을걸, 말하려고 했다, 그런데

누가 날 밀쳤고, 내 이가 다그닥거리며 부딪혔다,

파커가 나를 향해 몸을 돌리면서

뜨거운 다리미 같은 양손으로 내 어깨를 짚었고, 나는

허공을 날아

풀려났다.

4.

"네 아빠는 나쁜 사람이야." 엄마가 욕실 거울로 자신의 모습을 살피며 말했다. 나는 사람이 걸어 들어갈 수 있는 커다란 벽장의 계단에서 엄마를 지켜보았다. 욕조 옆, 단단히 닫혀 있는 블라인드 틈새로 창백한 빛이 들어왔다. 엄마에게는 색다른 아름다움이 있었다. 짧고 굵은 보라색 목걸이, 가느다란 갈색 머리카락, 옆 사람까지 따라 웃게 만드는 깔깔거리는 웃음소리. 엄마는 립스틱과 라이너로 신비로운 화장을 하고, 헤어스프레이를 뿌렸다. 스프레이가 유독한 구름을 만들었다. 엄마는 남자만 가득한 곳에 유일한 여자로 있는 상황에 익숙한 과학자였다. 에어포스 투(미국 부통령 전용 항공기-옮긴이)에서 테드 케네디에게 구조 물리학에 대해 브리핑을 하는 데도 익숙하고, 제너럴 일렉트릭에서 자신이 남자 동료들에게 다른 생각이 없다는 것을 보여 주기 위해 그들의 아내를 데리고 식사를 하러 가는 데도 익숙했다.

"아빠가 사과를 하고 싶대." 엄마가 눈꺼풀에 보라색을 칠하며 내게 말했다. 그것은 노스캐롤라이나의 여름날 석양 색깔이었다. 나 자신이 사라진 것 같았다. 나는 뒤집어진 모래 양동이와 저녁에 먹으려고 우리가 직접 잡은 게를 생각했다. 부둣가에 줄줄이 매달린 더러운 칠면조의 목을 생각했다.

엄마가 고개를 돌려 나를 바라보았다. 나는 속내가 드러나지 않게 무표정한 얼굴을 했다. 엄마가 걱정하는 것이 싫었다. 내가 엄마의 걱정을 엄청나게 원한다는 사실도 싫었다.

엄마가 장을 보러 나가고 아빠가 나를 찾으러 오면 나는 엄마가 교통사고를 당하는 상상을 했다. 엄마의 장례식에서 내가 울면, 모두들 나를 부드럽게 안아 줄 것이다. 이런 기억에 죄책감을 느끼면서 나는 나를 지켜보는 엄마를 지켜보았다. 엄마의 둥근 뺨과 슬라브인다운 코에서 내 모습이 보였지만, 엄마의 비단 주름치마나 작은 검은색 펌프가 달린 샤넬 향수병에서 안개처럼 분사된 향수에서는 그렇지 않았다.

나는 물어보고 싶은 것이 있었다. 이를테면 이런 질문. 나한테 몸을 밀착시켰던 그 쌀쌀맞고 단정치 못한 남자가 어떻게 그 이상하게 눈빛이 텅 빈 것 같은 상태에서 빠져나와 바로 그날 밤에 나와 함께 엔진 모형을 만들 수 있어요? 누구나 안에 두 사람이 있는 거예요?

그러니까, 나도 그래요?

엄마가 빗질을 멈추자, 방이 가늘게 떠는 것 같았다. 만약 내가 마음대로 이야기를 지어낼 수 있다면, 엄마는 절대 울음을 터뜨리지 않을 것이다. "난 네가 평범한 아이처럼 자랐으면 좋겠어." 엄마가 날 가까이 끌어당기면서 말했다. 엄마의 입에서는 치약 냄새가 났고, 엄마의 배는 따스했다. 엄마가 하지 않은 말, 엄마가 하고 싶지 않은 말에 깃든 두려움을 나는 어차피 이미 알고 있었다. 엄마가 날 걱정한다는 것도, 아직 늦지 않았다고 자신을 설득하느라 밤잠을 이루지 못한다는 것도.

◆

아빠가 쉽게 호감을 사는 사람이라는 사실은 나도 알 수 있었다. 아빠의 명랑한 남부 사투리, 수줍은 미소, 예의 바른 태도가 모든 사람을 끌어당겼다. 아빠는 젊고 세련된 사람처럼 보였기 때문에, 사람들은 아빠의 하얗게 센 머리를 쉽사리 간과해 버렸다. 아빠가 엄마보다 한참 나이가 많은 오십 대라는 사실을 쉽게 잊어버렸다.

하지만 사람이 자신의 진정한 모습을 감추는 데에는 한계가 있는 법이다. 나는 〈배트맨〉에서 이 점을 배웠다. 오늘 아빠는 지치고 속내가 모두 드러난 모습으로 가죽 의자에 앉아 우리를 기다리고 있었다. 숱이 줄어든 머리카락은 헝클어졌고, 희끗희끗한 수염 자국이 얼굴에 가득했다. 손마디는 노인처럼 굵게 불거졌으며, 몸에는 운동복을 입고 있었다. 커피 얼룩이 있는 회색 운동복.

아빠는 예전에 지나치게 자주 우리 집 마당으로 들어온다는 이유로 직접 비비탄으로 쏘았던 텁수룩한 개와 비슷한 몰골이었다. "무슨 짓이야?" 몇 년 전 그날 오후 엄마는 햇빛 밝은 포치에서 이렇게 말했다. 목소리에 경계심이 가득했다. 어쩌면 엄마는 아빠의 그런 모습을 그때까지 본 적이 없는지도 모르지만, 내게는 아주 친숙했다. 멍청하고 위협적인 미소를 지으며 고개를 돌리던 그 모습. 물론 사람이 바뀔 수는 있다. 그런데 서로 다른 두 가지 면이 만나면 유령이 생겨날 틈이 생긴다. 불협화음이 얼룩을 만들고, 이야기가 찢어진다.

"그냥 엉덩이에 쏜 거야." 아빠는 비비탄을 조심스레 손바닥으로 빼내면서 부드러운 말투로 말했다. "놈한테 본때를 보여 주려고."

그 뒤로 그 개는 두 번 다시 나타나지 않았다.

◆

오늘의 아빠는 그때의 그 남자도, 엔진 모형을 같이 만들던 남자도 아니었다. 어떤 의미에서는 그보다 훨씬 더 나쁜 남자였다. 더 무모하고 원시적인 사람. "정말 미안해." 아빠가 고개를 숙이고 말했다.

우리 모두 쓸모없는 인간들처럼 서로를 바라보았다.

"내 부모님이 나를 보셨다면 엄청 실망했을 거야." 이상한 목소리로 아빠가 말을 이었다. 목소리가 가늘게 떨렸다. "너한테 미안하다. 그 녀석들한테도, 네 엄마한테도." 아빠는 코를 훌쩍거렸다.

그날 그 거실에서 나는 아빠가 날 아프게 했을 때보다 왠지 더 기분이 나빴다. 아프게 했다는 말은 치료사가 쓴 것이다. 어른들은 모두 엉뚱한 단어를 골라 쓰기 때문에, 제대로 된 말도 나도 사라져 버렸다.

침대에서 아빠에게 짓눌릴 때가 아니면, 나는 고물 캠코더를 들고 다니면서 케첩과 대머리 가발로 이웃집 녀석들을 분장시켜 공포 영화를 찍었다. 숲에서 요새를 만들기도 했다. 책과 회중전등, 말린 과일, 쿠키가 있는 은신처였다.

아빠의 행동은 아프지 않았다. 나를 둘로 갈라놓았다. 아빠가 둘인 것처럼. 나를 나 자신에게 낯선 사람으로 만들었다.

"미안하다." 아빠가 말했다. "너는 아무 잘못도…."

나는 아빠가 무엇 때문에 사과를 하는지 열심히 생각해 보았다.

"난 절대 그럴 생각이…." 아빠가 양손에 얼굴을 묻고, 자기 콧물에 숨이 막힌 소리를 냈다.

닥쳐 닥쳐 닥쳐. 나는 속으로 생각했다. 그리고 아빠를 바라보았다. 아빠가 그 개를 바라볼 때처럼. 그러자 아빠도 그렇게 했다.

5.

나는 길바닥으로 요란하게 넘어졌다. 손바닥에서 조금 피가 나고, 내 몸은 다른 시대의 음울한 소음과 유령 같은 손길에 맞춰 진동했다.

"일어나." 주먹의 주인인 남자가 말했다.

나는 콘크리트 바닥을 짚고 일어나 두 발로 서려고 했다.

"누가 완전히 서라고 했어!" 남자가 고함을 질렀다.

나는 그에게 등을 돌리고 무릎으로 서서 양팔을 든 자세로 얼어붙었다.

"뒤로 돌아."

나는 서투르게 몸을 돌렸다. 남자의 눈은 따뜻하다 못해 상냥해 보일 정도였지만, 경련하고 있었다. 양손은 트레이닝복 앞의 캥거루 주머니 속에 깊이 꽂은 채였다. 그가 내 앞에 우뚝 서 있었다. 염소수염을 기른 다스 베이더 같았다.

"일어서지 마." 남자가 비명처럼 거친 목소리로 속삭였다.

닥쳐 닥쳐 닥쳐. 나는 속으로 생각했다.

온몸이 기름기 없는 근육으로 이루어진 파커가 바로 그때 남자 뒤에 나타났다. 기적이었다. 파커의 가방이 남자의 머리를 겨냥하고 있었다. 파커는 십 대 시절 내내 못돼 처먹은 의붓아버지와 허구한 날 맞붙었다. 파커가 한 팔을 뒤로 젖히는 것을 보면서 나는 순간적으로 우리에게 희망이 있을 것 같다는 생각을 했다.

남자가 파커의 존재를 알아차리고 발레 무용수처럼 우아하게 돌아서서 캥거루 주머니에서 권총을 꺼내더니 파커에게 몸을 숙이라는 시늉을 했다. 파커가 그대로 털썩 주저앉은 뒤, 우리 셋은 정지 화면이 되었다. 나는 텅 빈 눈을 한 채 무릎으로 서 있고, 남자는 우리에게 총을 뻗고 있고, 덧니가 살짝 튀어나온 파커의 입술은 작은 O 자를 그렸다. 그녀가 굳이 배울 필요가 없었더라면 좋은 기술, 나도 아는 그 기술, 그러니까 남의 눈에 띄지 않는 기술을 파커는 알고 있었다.

남자가 다시 내게 돌아섰다. 그의 입술이 슬로모션으로 움직이고, 내 심장박동이 점점 느려졌다. 심장이 쿠쿵, 쿠쿵 하고 뛰었다.

몸이 더웠다. 에너지와 입자가 가득했다. 거의 영적인 경험이었다. 내게 익숙한 안개가 아니었다면, 중얼거리는 남자와 총구 앞에 나를 내맡긴 채 내가 쪼개지고 있다는 의식만 없었다면 정말로 그랬을 것이다.

돌아와. 나는 속으로 생각했다.

남자가 내 옆에 한쪽 무릎을 대고 앉았다. 나는 그의 흰자위, 치아에 눈의 초점을 맞췄다. 개똥 냄새, 배기가스 냄새, 더러운 옷 냄새가 났다. 나는 발가락을 둔하게 움직여 보았다. 아무 느낌이 없었다.

그의 기묘한 분노와 그가 휘두르는 총 때문에 공기가 전기처럼 찌릿거렸다. 내가 지갑을 넘겨줬지만 남자는 그것을 땅바닥에 내던졌다. 파커를 찾아보았지만, 보이는 것은 웅크리고 있는 그녀의 그림자뿐이었다.

나는 움직일 수 없었다. 생각도 할 수 없었다. 내가 움직일 수 없는 상태가 되어서 내 이야기의 구경꾼이 되었다는 사실을 둔하게 알아차렸을 뿐이었다.

6.

"악어의 눈물이야." 아빠가 사과한 다음 날 엄마가 말했다. 나는 무슨 뜻인지 몰랐지만, 아빠가 미끄러지듯 내게 기어오는 모습이 떠올라서 나는 눈을 감아 버렸다.

"내가 브레이크를 망가뜨려 버릴까." 엄마는 바람 한 점 통하지 않는 차고의 아빠 차를 고갯짓으로 가리켰다. 우리는 그 차 옆의 승합차 안에 있었다. 머리 위에서는 전선이 흔들거렸다. 나는 아빠 차가 스스로를 방어하기 위해 뒷발로 일어서기라도 할 것 같아서 그 차를 빤히 바라보았다.

내가 기억하지 못하는 이야기가 하나 있다. 욕실에서 내가 빨간 머리빗을 향해 아빠 이야기를 했던 것. 혹시 누가 그 이야기를 들어 주길 바랐던 걸까? 가끔 우리는 자신의 속내조차 이해하지 못한다. 우리 집에 살면서 나를 돌봐 주던 보모가 지나가다가 욕실 문에 귀를 바짝 댔다. 보모는 아기 때보다 몸이 커졌지만 홀쭉한 나를 아기처럼 안고 꿀처럼 달콤한 목소리로 조심스레 질문을 던졌다.

"아빠를 용서하려고 애써 봐." 내가 마지막으로 보모를 보았던 날, 그녀는 내 손을 잡고 자신의 십자가 목걸이를 만지작거리며 이렇게 말했다.

"죄책감을 느꼈나 보다." 그녀가 한밤중에 경쾌한 마쯔다 자동차를 몰고 쌩하니 떠나 버렸을 때 엄마는 한숨을 내쉬며 이렇게 말했다. 내 가슴에 고독이 내려앉았다. 나는 계속 멀리, 멀리 떠가는 우주비행사였다.

사실 나는 엄마가 아빠를 죽여 주었으면 했던 것 같다. 엄마가 그러지 않을 것임을 알면서도, 어슴푸레한 빛 속에서 엄마를 지켜보았다. 나는 사람이 사람을 용서하는 것은 불가능하다고 생각했다. 그래서 엄마의 얼굴을 보았다. 잔뜩 힘이 들어간 채 부들부들 떨고 있는 낯선 얼굴. 내 청바지 무릎에 뚫린 구멍이 신경 쓰였다. 평범한 아이라면 이럴 때 뭐라고 할까?

"혹시 엄마가 곤란해지나요?" 내가 물었다. 엄마가 무너지는 얼굴로 나를 보았다.

"얘." 엄마가 너덜너덜한 청바지에서 내 손을 떼어 잡으며 말했다. "이젠 안전해." 우리는 잠시 침묵했다. 하지만 나는 단어의 뒤섞임에 대해, 어떤 단어를 아주 많이 반복하다 보면 그 의미가 사라지는 것에 대해 생각했다.

안전. 안전안전안전안전안전안전안전안전안전.

7.

강도가 나를 훑어보는 모양새를 보니, 아버지의 눈을 멍하게 만들었던 그 좀비 에너지가 놈을 사로잡았음을 알 수 있었다. 그래서 내가 죽을 수도 있겠다는 생각이 들었다. 사람들은 매일 이보다 못한 이유로 죽어 간다.

아직 포기해 버리지 않은 내 마음의 일부, 어떻게든 움직이고 싶어 하는 정신의 일부가 또 다른 진리를 깨달았다. 누구에게나 아직 희망이 있다는 것. 파커가 도망칠 수도 있고, 다스 베이더가 우리를 놓아줄 수도 있고, 아빠가 다른 사람이 될 수도 있고, 내가 살아날 수도 있다.

저쪽 40번가에서 어떤 자동차가 짜증스럽게 스타카토로 경적을 울려 대는 바람에 마법이 풀렸다. 다스 베이더는 내 가방을 빼앗아 품에 꼭 안고 1~2미터쯤 잽싸게 멀어졌다.

정신 차려 정신 차려 정신 차려. 무릎에서부터 통증이 물결처럼 퍼지고, 멍이 드는 것이 느껴졌다.

여러 블록 떨어진 곳에서 자동차 헤드라이트가 안개를 뚫고 우리를 향해 둔하게 다가오기 시작했다. 다스 베이더는 동요한 얼굴로 그 자동차를 유심히 살피더니 그쪽으로 돌아섰다가 다시 우리에게 향했다. "움직이지 마." 그가 파커가 아니라 내게 총을 겨누고 뒷걸음치며 경고했다.

헤드라이트 불빛이 점점 밝아졌다. 다스 베이더가 갑자기 다시 돌아오자 옷에서 나는 퀴퀴한 냄새가 훅 끼쳤다. 그가 내 옷깃을 잡고 나를 질질 끌면서 인도를 벗어나, 가로등이 깨진 샛길의 덤불 속으로 들어갔다. 두 걸음쯤 떨어진 곳에서 비로소 파커가 보였다. 파란색과 초록색이 섞인 파커의 눈과 내 눈이 마주쳤다. 그 두려운 눈빛을 보자 머리가 어지러워졌다.

저건 진짜 총이 아니야. 나는 파커에게 소리 없이 이 말을 전달하려고 애썼다.

"여기 있어." 자동차가 점점 가까워지자, 강도는 길을 건너 주차된 트럭 뒤에 몸을 숨겼다.

도망쳐야 돼. 나는 몽롱한 머리로 생각했다.

차가 속도를 늦추자 젖은 도로에 타이어가 들러붙는 것 같은 소리가 났다. 다스 베이더가 헤드라이트 불빛이 비추는 거리를 잘못 계산한 탓에, 주택가 도로에 무릎을 꿇고 앉아 갑작스러운 불빛을 향해 눈을 깜박거리는 내 모습이 훤히 드러났다. 할렐루야.

나는 숨을 죽이고 살짝 손을 흔들었다. 자동차는 교차로 중간에서 1분쯤 머물렀다. 나는 다시 손짓했다. 무릎의 통증이 다시 내 의식을 파고들고, 등이 욱신거리고, 얼어붙었던 몸이 풀렸다.

나는 아버지 때 그랬던 것처럼 다스 베이더에게 귀를 기울였다. 하지만 볼보 자동차의 거친 엔진 소리 외에는 사방이 조용했다.

눈을 감았다. 자동차가 새된 소리를 내며 가 버렸다. 겁에 질린 망아지 같으니.

아무도 날 구해 주지 않을 거야. 나는 속으로 말했다. 어딘가 먼 곳에서 밤하늘을 향해 사이렌이 소리를 질러 댔다.

8.

"경찰관 아저씨가 너랑 이야기를 하시고 싶대." 엄마가 말했다. 나는 아버지가 사 준 엔진 모형을 혼자 조립해 보려고 방에서 애쓰고 있었지만, 아버지의 도움이 없으니 훨씬 더 힘들었다. 순간적으로 내가 자는 동안 엄마가 정말 아빠를 죽인 건가 하는 생각이 들었지만, 잔디 깎는 기계 소리가 멀리서 들려오고, 방금 깎은 잔디 냄새도 창문을 통해 흘러들어왔다.

경찰관에게서는 아빠가 면도 후에 바르는 올드스파이스 냄새가 진동했다. 그래서 나는 그를 보자마자 싫어하게 되었다. 누구든 성희롱을 저지를 수 있다는 것을 나는 알고 있었다. 엄마 역시 친구들의 아버지는 물론 친척들까지도 점점 의심의 눈초리로 바라보고 있었다.

우유가 상하듯이 남자들도 누구나 변질될 수 있었다.

나는 누구에게 무슨 말을 하고, 어떻게 행동해야 하는지를 잊지 않고 유순하게 굴었다. 하지만 경찰관이 원하는 진실이 무엇인지 나는 미리 들은 얘기가 전혀 없었다. 엄마를 바라보았지만, 엄마는 경찰관 아저씨와 똑같이 슬픈 얼굴로 나를 바라볼 뿐이었다.

경찰관은 우리 집 식탁에 앉아 소매를 걷어붙이고, 콧수염 아래의 입술로 어설프게 미소를 짓고 있었다. 내 앞에 놓인 녹음기가 곤충 같았다. 경찰관의 정수리를 덮은 머리카락도, 곧게 뻗은 치아도, 옷깃도 마음에 들지 않았다.

"엄마 말씀처럼, 우리한테 사실대로 이야기해 봐…." 경찰관은 여기서 어떻게 이야기를 이어 가야 하는지 잘 모르는 것 같았다. 나는 그것도 마음에 들지 않았다. 어쩔 줄 모르는 어른이야말로 최악이었다.

"그래." 엄마의 말은 아무런 단서도 제공해 주지 않았다. 나는 계속 눈을 내리깐 채로 경찰관의 질문 세례를 들었다. 질문이 하나씩 나올 때마다 내 뺨이 붉게 달아올랐다. 녹음기가 이 어이없는 이야기 속에, 이 진실 속에 나를 가둬 버렸다는 확신이 들었다.

얼마나 자주 그런 일이 있었느냐고 경찰관이 물었다. 엄마에게 말하지 말라면서 아빠가 뭐라고 했니? 엘리와 스콧은 어디 있었어? 아빠가 네 몸 어디를 만졌지?

마침내 질문이 끝나고, 녹음테이프에 우리 이야기가 도장처럼 쾅쾅 찍혔다. 비교적 덜 지독한 이야기를 만들어 낼 시간이 없었다. 집에는 온통 유령이 가득했다. 아니, 잠깐만.

"한 가지 더 물어볼 것이 있다. 아주 중요한 질문이야." 경찰관이 잠시 말을 멈췄을 때, 나는 흥분과 불안으로 가슴이 덜컹했다. 내게 중요한 것을 묻는 사람이 아무도 없었기 때문이다. "잘 생각해서 대답해야 한다. 아주 중요한 결정이니까."

엄마가 기대에 찬 눈으로 경찰관을 바라보았다. 나는 팔뚝을 움찔거리며, 면 셔츠 아래에서 근육이 움직이는 것을 느꼈다.

"뭐든 네가 하고 싶은 말을 하면 돼. 아무도 화내지 않을 거다. 알겠지?" 경찰관이 나를 향해 몸을 기울이자, 땀과 향수 냄새가 섞인 그의 체취가 특급 경보처럼 훅 끼쳤다. 나는 속이 메스꺼워서 뒤로 물러났다. 이야기의 방향이 틀어진 것은 어쩌면 그때의 그 반사적인 행동 때문인지도 모른다. 내 얼굴에 남자의 뜨거운 숨결이 닿을 때의 그 낯선 냄새, 두려움이 원동력이 되었다.

"아빠가 감옥에 가면 좋겠니?"

모든 것이 그대로 얼어붙었다.

◆

디오라마: 우리 집 보모는 마쯔다 미아타 컨버터블 자동차를 타고 어딘가 먼 곳에 가 있다. 적갈색 머리카락이 사방으로 뻗쳐 있다. 아빠는 묵직한 작업용 장갑을 낀 채로 아직 밖에 있다가 경찰차를 보고 심장이 쿵쾅거린다. 엄마는 나와 눈을 마주치고 있다. 아빠가 왜 우리랑 계속 함께 살고 있는지 엄마가 내게 이야기해 준다. 파산, 재산세, 직장을 구하려다 실패한 것, 등등.

식구들이 내게 원하는 게 뭔지 나는 누구보다 잘 알고 있었다.

"아뇨." 내가 말했다.

그리고 나의 또 다른 일부가 훨훨 날아가는 것을 지켜보았다.

경찰관은 엄마가 '피곤한 표정'이라고 말하는 어른의 얼굴로 나를 바라보았다.

"확실하니?"

움직이기 시작한 이야기는 계속 움직인다. 내가 고개를 끄덕이자 경찰관은 내게서 말이 더 이어지기를 기다렸지만, 나의 침묵이 곧 나의 언어였다. 나의 침묵이 진실을 가려 결국 뭐가 뭔지 구분할 수 없게 되었다.

9.

자동차가 내 옆을 휭 지나가자마자 다스 베이더가 다시 나타났다. 분위기가 변한 것 같았다. 더 아둔하고 필사적인 쪽으로. 내게 속삭이는 그의 눈이 브로드 거리에서 우리가 살던 낡은 빅토리아 양식 주택의 단단한 나무 바닥과 같은 색이었다. 몰래 담배를 피우고 첫 키스를 한 침실 바닥과 같은 색.

뭘 좀 뭘 좀 내놔. 그가 중얼거렸다. 앞으로 내밀어진 총은 하늘의 여왕 같았다.

"자." 파커가 끼어들어서 지갑을 흔들어 댔다. 다스 베이더는 그녀를 무시했다. 그의 시선은 내게서 떨어질 줄 몰랐다.

"내 신용카드를 써도 돼." 파커가 절제된 말투로 말을 이었다. 파커의 그런 말투는 처음이었다. 상대를 달래려고 억지로 그렇게 말하는 것 같은 말투. 파커는 앞으로 영원히 변하겠구나. 그런 생각이 들었다.

강도가 한 걸음 물러나며 파커의 손에서 지갑을 채 갔다.

"됐지?" 파커는 이렇게 말하고서 재촉하듯이 나를 보았다.

정신 차려.

난 현금이 없는데….

나는 말이 나오지 않았다. 저 말이 내 입에서 나오지 않았다는 사실을 나는 깨달았다. 단 한 번도 나오지 않았다. "내 신용카드를 가져가." 나는 파커의 말을 앵무새처럼 따라 했다. 언제나 그랬듯이, 높고 날카로운 내 목소리가 충격적이었다. 여자 같은 목소리였다.

그의 얼굴에 어떤 표정이 스치면서, 그의 눈이 내게 초점을 맞췄다. 그는 웃기지 마, 라고 말하는 듯이 고개를 젓고 있었다. 내 무릎은 아프다고 아우성을 쳤고, 내 손발은 누가 바늘로 마구 찔러 대는 것 같았다. 강도가 총을 내렸다.

"도망가." 그가 말했다. 그의 자비가 너무 갑작스러워서 나는 제대로 알아듣지 못했다.

하지만 내 몸은 어떻게 해야 하는지 정확히 알고 있었다. 나는 유령의 손을 떨쳐 버리고 다시 살아나 로켓처럼 어두운 거리를 향해 튀어 나갔다. 내 하얀 숨결이 구름처럼 내 뒤로 늘어졌다.

10.

얼간이처럼 보이는 파란색 망사 모자를 쓰고 기계에 올라타 잔디를 깎고 있는 아버지 옆을 지나쳐 나는 뛰어갔다. 단풍나무 몇 그루 뒤편의 숲에 껍질이 코끼리 피부를 닮은 나의 떡갈나무가 있었다. 나는 부러져 쓰러진 거대한 나무의 그루터기에 누워 하늘을 지붕처럼 덮은 죽은 이파리들 사이로 햇빛이 반짝이는 모습을 지켜보았다.

경찰관의 자동차 문이 철컥 닫히는 소리를 들으려고 귀를 기울였지만, 들리는 것이라고는 서로를 향해 '난 살아 있어, 난 살아 있어.'라고 외쳐 대는 새소리뿐이었다. 엘리와 스콧이 보고 싶었다. 그 애들은 아이들 특유의 감각으로 내게서 뭔가 안 좋은 것을 감지하고는 자기들끼리만 놀기 시작했다.

나는 위에서 집을 내려다보는 상상을 했다. 보드카와 오렌지 주스를 들고 자기 방으로 돌아가는 엄마. 잔디 깎는 기계에 높이 올라탄 채로 경찰관이 떠나는 모습을 지켜보는 아빠. 둘이 함께 쓰는 욕실에서 베이비파우더와 엄마의 향수를 섞어 해로울 것 같은 로션을 만들고 있는 스콧과 엘리. 그 일에 집중하느라 구겨진 둘의 작은 얼굴.

집의 뚜껑을 찰싹 닫으니 이야기가 끝났다. 보모는 차를 몰고 계속 나아갔고, 경찰관은 고약한 눈빛으로 아빠를 바라보며 한숨을 내쉬었고, 아빠는 잔디 깎는 기계에 연료를 조금 넣은 뒤 스로틀을 조작했다. 엄마는 거울을 보았다. 하지만 다른 사람들이 거울 속에서 무엇을 보는지 나는 모른다. 앞으로도 영원히 알지 못할 것이다.

한참 뒤에 엄마가 내 이름을 불렀지만 나는 대답하지 않았다. 이파리들을 저벅저벅 짓밟는 발소리가 들렸을 때도 전혀 움찔거리지 않았다. 나를 찾으러 온 사람이 누구든 상관없었다.

◆

내가 이런 이야기를 지어내서 속으로 되뇌었기 때문이다.

'나는 아무도 손댈 수 없는 투명 인간이 되는 법을 알아. 내 몸을 조금씩, 조금씩 잠재울 수 있어. 필요하다면 평생 잠들어 있다가 깨어날 수도 있어.'

11.

귀가 뻥 뚫리면서 여러 소리들이 한꺼번에 몰려왔다. 뛰고 있는 우리의 발소리, 젖은 기침 소리, 창문이 쾅 닫히는 소리, 자동차 스테레오에서 쿵쿵 울려 나오는 베이스 소리, 개가 화를 내며 짖는 소리, 아스팔트를 달리는 타이어 소리. 우리는 포치의 그네, 바위 정원, 잔디밭의 장식물 등 옆을 스쳐가는 잡다한 풍경들을 거의 의식하지 못한 채로 몇 블록을 뛰었다.

지금 같으면 자동차를 손으로 번쩍 들어 그 금속 차체에 깔려 있던 아기를 구할 수도 있을 것 같았다. 팔다리를 핀으로 찌르는 것 같던 감각이 수그러들고, 모든 것이 동시에 깨어났다. 새로운 세상으로 가는 문이 열리는 것 같았다. 여러 자아 사이에서 나는 잠시 흔들렸다. 모든 자아가 지금 존재하고 있었다. 아이의 모습을 한 자아, 처음부터 내 것이었던 몸, 그리고 내가 갖고 싶은 몸.

나는 텅 빈 거리를 뒤돌아보았다. "놈이 사라졌어." 나는 속도를 조금 늦추며 말했다. 파커는 고개를 끄덕였지만, 시선은 똑바로 앞만

향하고 있었다. 우리는 같은 속도로 움직이며, 나무 포치에 체인으로 매어 둔 고정 기어 자전거, 어두운 창문, 스쿠터, 전신주에 박혀 있는 중고품 판매 공고문을 지나쳤다.

모든 것이 선명했다. 내 옆에 있는 자동차의 진한 파란색, 내게서 쏟아져 나오는 열기, 포장된 길의 냄새.

"괜찮아?" 나는 걸음을 내디딜 때마다 얼굴을 찡그리는 파커에게 물었다. 파커의 동공이 엄청나게 확대되고, 얼굴은 멍해 보였다. 우리 앞의 왼쪽에 주차된 메르세데스 벤츠의 앞좌석 가죽 시트에서 뭔가가 움직였다. 여자의 손이 바이저를 내리고, 등대의 등불처럼 실내등을 켰다.

"멈춰, 파커!" 내가 말했다. 가만히 서서 자동차를 가리키는 나를 파커가 뒤돌아보았다. 쉽게 말이 나오지 않는 것 같은 표정이었다. 놈이 어디서 튀어나올지 몰라. 나는 어두운 마음으로 이런 생각을 했다. 내가 완전히 걸음을 멈추는 순간, 놈에게서 도망쳤다는 승리감이 점점 사그라들었다. 파커의 이마가 땀에 젖어 번들거렸다. "파커?" 내가 이름을 불렀지만 그녀는 여전히 아무 말이 없었다.

"파커?" 나는 빨리 정신 차리고 마비된 몸을 움직이라고 말하고 싶었다. "이봐." 나는 그녀의 팔을 잡았다. "이제 괜찮아, 알았어?"

파커는 멍하니 고개를 끄덕였다. 입술이 가늘게 떨렸다. "사람이 있어." 나는 주차된 차를 고갯짓으로 가리켰다.

"괜찮아." 마침내 파커가 말했다. 기운 없는 목소리였다.

"괜찮을 거야." 이번만은 내 목소리가 반가웠다. 여자라서 안전하다는 새로운 이야기가 조금 전 남자의 반응을 통해 만들어진 것 같았다.

나는 메르세데스 벤츠의 조수석 문을 쾅쾅 두드렸다. 깜짝 놀란 여자의 얼굴이 들여다보이는 창문을 주먹으로 마구 두드렸다. 여자가 창문을 아주 조금 천천히 내렸다.

"강도를 당했어요." 내가 말했다. 여자의 머리는 검고, 눈에는 섀도가 진하게 칠해져 있었다. 나는 여자와 눈을 마주쳤다. 대학의 심리학 강의에서 배운 방법이었다. "권총을 든 강도가 우릴 좇아와요."

"아." 여자는 우리 얼굴을 살피며 평가하고 있었다. 우리와 나이 차이가 그리 많지 않다는 사실을 나는 깨달았다. 많아야 서른다섯 살일 것이다. 하지만 그녀는 나이를 초월한 것 같은 모습이었다. 짧은 머리는 매끈하게 다듬어져 있고, 블라우스는 값비싼 것이었으며, 피부의 잔주름은 웃음이나 흡연 또는 그 둘을 한꺼번에 하느라 생겨난 것 같았다. "그렇군요, 세상에. 당연히 도와야죠. 가요, 난 여기 살아요." 여자가 신축 아파트를 가리켰다. 우리가 볼품없고 영혼도 없다면서 젠트리피케이션이 어쩌고 떠들어 댔던 그 아파트였다. 전망창으로 전시된 대형 평면스크린 화면 같은 아파트. 파커는 바보처럼 여자를 빤히 바라보았고, 나는 턱에 힘을 주었다. 여자가 아파트 출입문을 여는 순간 울음이 나올 것 같아서.

나를 무너뜨린 것은 카펫이었다. 발밑에 닿는 느낌이 너무 부드러워서 가슴이 무너졌다. 내가 정신없이 흐느끼는 소리가 귀에 들려오자 나는 겁이 났다. 손을 뻗은 파커에게 나는 쓰러지듯 기댔고, 여자는 조용히 계단을 올라가 우리 둘만 있을 수 있게 해 주었다.

　"네가 죽을 수도 있었어." 파커가 한참 만에 조용히 말했다. 그녀의 얼굴도 나처럼 젖어 있었다. 나는 고개를 끄덕였다. 파커에게서 재스민과 소금 냄새가 났다. 나는 권총도, 다스 베이더도, 정적도 잊어버렸다. 손등으로 콧물을 닦으며, 도망치려고 달리던 때를 생각했다. 내 몸과 하나가 되어 두 다리로 도망치는 것이 얼마나 기분이 좋았는지.

　"준비됐어?" 파커가 물었다. 그녀의 안색이 조금 돌아오고 있었다.

　그녀의 질문이 무슨 뜻인지는 수만 가지로 해석할 수 있었다.

　"응." 내가 말했다. 그 수만 가지 의미에 대한 대답이었다.

II
도주

12.

사우스캐롤라이나
2010년 8월, 29세

폭우 속에서 나는 와이퍼를 작동시켜 차창을 가리는 빗물을 이리저리 씻어 냈다. 그 소리를 듣다 보니 내가 얼마나 작은 존재인지 새삼 느낄 수 있었다. 나는 강도를 당한 뒤 이렇게 사우스캐롤라이나로 오기 전에 그랬던 것처럼, 내가 다시 살아난 순간을 찾아내려고 애썼다. 자꾸만 생각나는 것은 강도가 자비를 베풀던 순간, 내가 내 몸에서 느낀 놀라움, 허파로 들어오던 밤공기, 도망, 지진이 난 것처럼 발밑에서 땅이 갈라졌지만 동시에 날개가 생겨서 흔들리는 땅 위로 솟아오를 것 같던 그 느낌이었다.

그 뒤로 나는 줄곧 뛰어다녔다. 땀을 뻘뻘 흘리며 내가 사는 동네를 한참 동안 몇 바퀴나 돌면서, 그 날아오를 것 같던 느낌을 다시 느껴 보려고 애썼다. 하지만 잘 되지 않아서, 더 멀리까지 뛰어야겠다고 생각했다.

그래서 지금 이 숨 막히는 남부에서 지나치게 싼 모텔을 향해 차를 몰고 있다. 매트리스 판매점의 광고판과 성서의 구절들을 적어 놓은 공공 게시판이 스쳐 지나간다. 공항에서 파커가 보여 준 고통스러운 미소에도 불구하고, 나는 두방망이질 치는 내 심장의 논리를 따라가고 있다.

적어도 파커는 그것을 놓고 나와 다투지 않았다. 나는 뭔가 엄청난 힘이, 그러니까 너무 두려워서 감히 이름을 말할 수 없는 은총 같은 것이 작동하고 있다는 내 느낌을 설명할 필요가 없어서 다행이라고 생각했다. 그런 설명을 했다가는 내가 제정신이 아닌 것처럼, 더 심하게는 종교적인 사람처럼 보일 것 같았다.

유령 사냥이야. 나는 파커에게 이렇게 말했다. 마치 이 말이면 어느 정도 설명이 된다는 듯이. 나는 아버지가 어린 시절을 보낸 곳을 보고, 우리 집안의 과거 이야기를 들으며 아버지가 그런 사람으로 굳어져 버린 이유를 파악해 보고 싶었다. 아버지는 왜 거기서 벗어나지 못했는가? 왜 항상 흐릿한 눈으로 날 찾으러 왔는가? 내가 그와는 다른 사람이 된 건 무슨 연유인가?

그래서 나는 짐을 싸서 비행기에 오른다. 비행기가 하늘을 날고 있을 때에야 비로소 이 행동이 곧 생존의 문제임을 인정한다.

◆

일단 움직이기 시작한 몸은 계속 움직인다.

강도를 당한 때부터 비행기 표를 살 때까지 몇 달 동안, 수염을 기르고 셔츠를 입지 않은 내 모습이 꿈에 나타났다. 그러고 나면 나는 땀에 흠뻑 젖은 채 넘치는 기운을 느끼며 깨어났다. 마치 몸이 얼어붙었다가 녹고 있는 것 같았다. 약간 뱃멀미가 나는 듯한 기분으로 나는 땀에 젖어 번들거리는 몸을 일으켜 침대를 벗어나서 내 엉덩이와 매끈한 피부와 뾰족한 턱을 억지로 제대로 살펴보았다. 2년 전 수술을 받은 덕분에 납작해진 가슴은 자웅동체를 뽐내는 듯하던 예전 모습이 아니었다.

나는 새로운 글이 써지기를 기다리는 빈 서판 같았다.

좋은 남자는 별로 없어. 나는 구질구질한 모텔 주차장으로 들어가며 생각했다. 심각한 표정으로 입을 다물고, 사람들의 눈을 똑바로 바라보아야 한다고 나 자신을 일깨웠다. 그러고는 가방을 어깨에 둘러멘 뒤 아주 천천히 걸어갔다. 머리를 감지 않은 듯 머리카락이 여기저기 뭉쳐 있는 사냥꾼 세 명이 여닫이 유리문 옆에 파수병처럼 서 있었다.

가슴속에서 두려움이 날갯짓을 했다. 나는 굳이 그것을 막지 않고, 그 날갯짓 소리에 귀를 기울였다. 사냥꾼들이 꼭 끼는 흰색 티셔츠와 청바지를 입고 문신을 한 나를 바라보았다. 그들이 나를 게이로 생각하는 기색이 역력했다. 아니면 나를 '남자가 아닌 존재'로 보거나. 어느 쪽을 더 무서워해야 하는 건지는 알 수 없었다. 내가 다가가자 그들은 입을 닫고 침묵했다. 손을 주머니에 쑤셔 넣은 까마귀들이 건물 안으로 들어가는 나를 지켜보았다.

계속 가. 내 머릿속에서 목소리가 들렸다. 유령보다는 훨씬 아름다운 것의 목소리였다. 내 무릎이 성실하게 나를 운반했다.

악어와 비밀. 염소(鹽素)와 개. 나는 모자를 아래로 깊이 눌러쓰고 아무 일 없기를 바라며, 나의 여자 이름이 또렷하게 찍혀 있는 신용카드를 형광등 아래의 족제비 같은 남자에게 주었다.

그는 조금 길게 신용카드를 보다가 내게 열쇠를 건넸다.

"길 건너에 술집이 있습니다, 손님." 그가 신용카드를 내게 돌려주며 말했다. 어떻게 된 건지 다 안다는 듯한 그의 목소리가 싫어서 나는 고개만 끄덕이고 돌아섰다. 내 목소리가 아직 충분히 변하지 않았음이 떠올랐기 때문에.

13.

나는 가방을 내려놓고 까슬까슬한 이불 위에 누워 마음을 가라앉히
려고 애썼다. "도망쳐." 이렇게 말하던 강도의 목소리가 자꾸만 들리
는 것 같았다. 슬로모션으로 돌아가는 스포츠 필름 같았다. 내 무릎에
는 둥글게 원을 그리고 글자를 써 넣어도 될 것이다. "내가 죽은 척하
기를 그만둔 곳"이라고.

'강도'는 그의 이름이 아님을 나 자신에게 일깨우며, 나는 숨을 골
랐다. 눈은 천장의 싸구려 전등을 계속 바라보았다. 그의 이름은 조지
허긴스였다.

내가 이 이름을 아는 것은, 그가 체포된 뒤 찍은 사진을 보았기 때
문이다. 사진 속에서 그는 따뜻한 눈빛을 하고 있었다. 친숙할 뿐만
아니라, 심지어 상냥하기까지 했다. 염소수염은 깔끔했고, 표정은 시
름에 잠긴 듯했다.

이제 나는 허긴스에 대해 많은 것을 알고 있었다. 그가 총으로 나
를 길바닥에 찍어 눌렀던 그날 밤 이후 무슨 일이 있었는지도 알고

있었다. 그가 시민의 손에 극적으로 체포된 사실이 7월에 온통 뉴스를 장식했다. 그는 오클랜드 시내에서 징훙 강을 살해한 혐의를 받았다. 버지니아 출신인 강은 구글과의 면접을 위해 이곳에 와 있었다. 그의 죽음은 베이 지역에 새로이 생겨나고 있던 닷컴 기업들의 기세에 커다란 그림자를 드리웠다. 가정적인 남자가 겨우 몇 달러 때문에 총에 맞아 죽다니. 게다가 그와 함께 있던 여자는 신기하게도 전혀 다친 곳이 없다는 황당한 사실도 있었다.

신문에 따르면, 허긴스는 우리에게 강도짓을 한 뒤 강을 죽이기 전에 또 다른 커플과 부딪힌 것으로 의심된다고 했다. 그날 밤 내가 시멘트 바닥에 내동댕이쳐진 장소에서 그리 멀지 않은 곳에 차를 세워두고 차 안에 앉아 있던 남녀였다. 남자는 총에 맞았지만 목숨을 건졌고, 여자는 이번에도 전혀 다치지 않았다.

《크로니클》에 그의 사진이 실렸을 때 파커가 직장에 있던 내게 전화를 걸었다. 나는 그 사진을 화면으로 불러내서 확인했다. 그런데 나는 파커가 "그놈이야."라고 말한 순간, 줄곧 뉴스에 나오던 강의 사건과 그놈이 서로 연결되어 있음을 이미 알아차렸다.

놈을 다시 보니 마치 유령을 만난 것 같은 기분이었다. 그 텅 빈 눈이 나를 지켜보는 듯했다. "노동자." 법무부 데이터베이스에는 놈의 '직업'이 이렇게 적혀 있었다. 첫 보고서에는 그가 차에서 먹고 자는 듯하다는 말이 있었다.

나는 수돗물을 틀고, 곰팡내 나는 모텔 화장실에서 이를 닦으며 내 얼굴을 가능한 한 보지 않으려고 주의했다. 내 마음속 모습과 거울에 비친 모습 사이에서 진동하는 이상한 에너지를 물리치려고 했다.

"남자들이란." 옛날에 엄마는 이렇게 말했다. 나도 그것만 알면 다 되는 줄 알았다.

다른 사람의 얼굴에 총을 대고 쏠 정도면 완전히 망가진 사람이라는 뜻이지. 나는 속으로 생각했다. 그리고 아이를 없애 버리고 싶다는 생각이 들 정도면 골수까지 자포자기한 사람이라는 뜻이고.

나는 침대에 누워 잠을 청했지만, 어둠 속에서 자꾸 이런저런 소리가 들렸다. 에어컨의 소음 속에서도 사이렌 소리, 하늘을 휙 가로질러 고속도로를 덮치는 짐승들 소리가 들렸다. 물속 어딘가에서 동물들이 사냥감을 향해 꾸준히 나아가고 있었다.

오늘밤에는 잠을 잘 수 없을 것 같았다. 설사 잠이 들더라도, 비참한 꿈과 꿈 사이를 오갈 것이다. 집에서도 그런 꿈 때문에 탈진해서 정신을 차릴 수 없었다. 나는 웅웅거리는 소음과 화해하기로 했다.

양손으로 뒤통수를 받치고, 시끄러운 에어컨 소리를 들으며 로이를 생각했다. 내가 그를 마지막으로 만난 것은 대학 시절이었다. 로이는 사람이라기보다 껍데기 같은 몰골로 비실비실 걸어 다녔고, 골프 셔츠와 축 늘어진 카키색 바지를 입은 모습이 점점 회색으로 빛이 바래 가고 있었다. 나는 딱히 그가 두렵지는 않았지만, 그가 무슨 짓을 저지를지 두려웠다.

몇 달 전 나는 가슴에 문신을 새기기 시작했다. 사랑하라 너의. 원래 사랑하라 너의 유령을, 이라고 새길 생각이었지만, 중간에 작업을 중단시켰다. 내가 정말로 그렇게 할 수 있을지 확신이 서지 않았기 때문이다. 그래서 빈칸에 단어를 채워 보라는 퀴즈처럼 내 심장 위에 빈 칸이 남게 되었다.

남자들이란. 나는 불편한 마음으로 이렇게 생각했다. 엄마가 왜 이 말로 감정을 폭발시켰는지 이해했지만, 내 꿈속의 수염 난 남자와 이 말을 어떻게 조화시켜야 하는지 알 수 없었다. 플라스틱 블라인드의 틈새로 빛이 강하게 새어 들어올 무렵, 내 팔다리가 무거워지더니 나는 잠이 들었다. 아버지의 실패를 이해하려면 아버지가 어떤 사람인지 알아야 한다는 생각이 머리를 채웠다. 나는 또한 가장 커다란 유령과 얼굴을 마주해야 했다. 어떻게 하면 내 안에 완전히 망가진 끔찍한 것이 숨어 있지 않다고 확신할 수 있을까?

14.

사우스캐롤라이나로 떠나기 전, 나는 아침에 깨어날 때마다 슬픔이 모든 것을 얇게 덮고 있는 듯한 기분이었다. 우리가 먹는 시리얼에도, 잠을 자는 침대와 베개에도 슬픔이 배어 있었고, 창문에도 슬픔이 덮여 밖이 잘 보이지 않았다. 파커가 정한 규칙들은 점점 많아졌다. 시내 식당에는 가지 말 것. 밤에는 걷지 말 것. 우리는 해치백 자동차를 사서 길에 발을 딛는 법 없이 건물에서 건물로 이동했지만, 그래도 파커는 불안감을 내려놓지 못했다.

나는 세상이 이빨을 드러낼 때면 편안한 곳은 어디에도 없다는 사실을 어렸을 때 이미 배웠다. 파커가 애써 눈물을 참는 모습을 지켜보며 그 사실을 떠올리곤 했다. 파커는 어스름이 짙어져 완전히 어둠이 내릴 무렵이면 차에서 내려 괜찮은 식당까지 3미터 거리를 걷는 것도 무서워서 자동차 문을 열지 못했다. 그럴 때면 그녀의 얼굴은 상처와 무시무시한 분노로 일그러졌다.

"나도 강도를 당한 적이 있어." 어느 날 친구가 어깨를 으쓱하며 말했다. 우리는 피드몬트 거리의 커피숍 앞에서 페퍼민트 차를 마시고 있었다. 해가 아직 뒤에서 우리를 비추고 있었기 때문에 안전했다. "도시에 사는 게 다 그렇지. 뭐."

그렇지 않다.

놀라서 소리도 내지 못하는 짐승처럼, 나는 이리저리 움직이는 총구에, 이리저리 빠르게 움직이는 그 남자에게, 그가 내 목소리를 듣고 죽은 눈을 크게 뜨는 모습에 붙들려 있었다. 나는 그의 좌절감이 점점 부글부글 끓어오르다가, 자신이 붙잡은 사람의 정체를 알아차린 순간 신기하게 푹 꺼져 버리던 모습을 설명하려고 애썼다. 내가 위험하다고 평가했던 나의 일면, 그러니까 내가 여성이라는 점, 아니 적어도 남자가 아니라는 점이 그때 나를 구해 준 것이다.

파커는 이해하지 못했다. "그건 내 평생 최고의 일이었어." 언젠가 이 말을 하고 나서 나는 실수였음을 깨달았다. 파커는 눈에서 빛을 번뜩이고 몸을 움찔했다.

나중에 파커는 우리가 서로 얼마나 다른지 설명하는 예로 그 이야기를 자주 입에 담았다. 네 평생 최고의 일? 네 살 때 남동생을 잃은 그녀는 누군가를 사랑할 때마다 항상 상실의 무게를 느꼈다. 그 사실을 일깨워 준 추악한 물건인 총은 내 몸에 일어날 수도 있었던 일의 상징이자, 혼자 살아남은 사람의 삶에 대한 상징이었다.

네 평생 최고의 일? 그녀의 말투는 마치 세상에, 라고 말하는 것 같았다.

배신감을 느끼는 것 같았다.

◆

내가 어렸을 때 살았던 펜실베이니아 서부에서는 사슴 개체 수 조절을 위해 사냥이 실시되었다. 그래도 우리는 녀석들이 소금을 핥아 먹을 수 있게 암염을 놓아 두고, 사슴 일가족이 돌아다니는 모습을 지켜보곤 했다. 나는 천천히 움직이기만 하면 문을 열고 나가서 녀석들에게 접근할 수 있다는 것을 알게 되었다. 녀석들은 귀를 쫑긋 세우고 나와 시선을 마주친 채 꼼짝도 하지 않았다. 시간이 녀석들을 그대로 정지시킨 것 같았다.

나는 조금씩 다가갔다. 5미터, 4미터, 3미터. 욕심을 내서 한 손을 내밀면, 마법처럼 녀석들의 눈이 조금 커지고, 몸이 안으로 쪼그라들었다. 그러다가 언제나 녀석들이 반짝 깨어나 뛰어가 버렸다. 크고 우아한 짐승들이 생기 있게 움직였다.

눈에 보이지 않는 선을 내가 밟은 탓이었다. 그런데 그 선의 위치가 매번 달랐다. 4미터일 때도 있고, 2미터일 때도 있었다. 사람도 저마다 다른 경계선을 갖고 있다. 그리고 우리도 모두 결국은 달아나야 한다는 것을 알고 있다. 대부분의 사람들이 그 사실을 깨닫지 못할 뿐이다.

우리는 도망치는 법을 결코 잊지 않는다.

15.

사우스캐롤라이나

2010년 8월, 29세

바퀴가 열여섯 개나 되는 커다란 트럭이 땅을 울리며 지나가는 소리에 나는 잠에서 깨어나 건조한 공기를 깊이 들이마신 뒤, 셔츠도 입지 않은 채 침대에서 일어섰다. 피부에 새겨진 흉터는 겨드랑이 밑에서는 엄지손가락만큼 폭이 넓지만, 내 갈비뼈를 두 줄로 반쯤 감싸고 내려오며 점차 좁아졌다.

나는 상처를 꿰맨 봉합사가 있던 자리, 살짝 솟아오른 두 줄의 흉터를 손가락으로 더듬으며 그동안 얼마나 흐릿해졌는지 가늠해 본다. 배액관과 붕대를 제거한 뒤 처음으로 티셔츠를 입었을 때, 옷이 가슴 부분에서 올바르게 곧바로 아래로 떨어지는 것을 느끼고 나는 파커에게 내가 원하던 대로 되었다고 말했다. 남자도 여자도 아닌 몸, 두 몸 사이의 흐릿한 경계선에 서게 된 것이 기쁘다고.

하지만.

블라인드를 열자 주차장에 세워진 세미트레일러와 쓰레기 수거함이 보였다. 햇빛을 받으니 기분이 나아졌다. 나는 오늘 하루 할 일을 생각해 보았다. 사우스캐롤라이나주 자료실에 가서 로이의 가족에 대해 조사한 뒤, 생각만 해도 불안해지는 큰아버지와 저녁 식사를 할 것. 우리는 20년 동안 만난 적이 없었다. 파커가 편안하게 날 응원해 주는 목소리가 들리는 것 같다. 잘 해낼 거야. 파커는 옛날처럼 이렇게 말해 줄 것이다.

날 따라 해.

"난 잘 해낼 거야." 나는 혼자 중얼거렸다.

세수를 하고 머리를 빗으면서 내 눈에 초점을 맞췄더니, 얼굴 가장자리의 선이 흐릿해졌다.

정신 차려. 내 몸이 경고했다. 그래서 나는 데오도런트의 나뭇조각 냄새와 콜론의 귤 냄새에 정신을 집중했다. 딱 맞는 흰색 티셔츠와 문신, 헤어젤과 박하 향 나는 치약을 대략 알아볼 수 있었다. 눈을 가늘게 뜨면 내 몸의 올바른 모습도 보였다.

나는 어깨를 똑바로 펴고, 모자의 양쪽 귀 부분을 내려쓴 채 프런트 데스크를 씩씩하게 지나갔다.

"좋은 하루 보내십시오, 손님!" 누군가가 뒤에서 소리쳤다. 보이지 않는 남자, 존재한 적이 없는 남자, 그러나 처음부터 존재했던 남자인 나를 향해.

◆

시내에서 나는 수염과 문신이 득시글거리는 카페에 들어가 커피를 한 잔 샀다. 내가 컵에 크림을 따르자, 중년 부인조차 나를 노려보았다. 파커가 옆에서 저 사람들 웃음소리가 바보 같다느니, 남의 잘생긴 남자 친구한테는 신경 끄고 자기들이 입은 펑퍼짐한 청바지나 걱정해야 할 것 같다느니 하며 가벼운 농담을 던져 주면 좋겠다는 생각이 들었다.

나는 파커가 나를 남자 친구라고 불러 주는 것이 좋았다.

열다섯 살 때 나는 처음 사귄 여자 친구와 함께 버스를 타고 쇼핑몰에 가서 옷가게 탈의실에 들어가 여자 친구를 애무했다. 거기서 일하던 남자 고등학생은 아무것도 모르고 탈의실 문 너머에서 내게 청바지를 건네주었다. "네가 저 남자애보다 더 잘생겼어." 여자 친구가 내 귓가에서 뜨겁게 속삭였다. 탈의실 거울에는 익숙한 얼굴이 비치고 있었다.

"넌 남자애 같아." 여자 친구가 내 목을 깨물며 말했다. "그런데 남자애보다 더 나아."

나는 심호흡을 하고, 커피잔을 손에 든 채 내 자동차가 있는 곳으로 갔다. 사우스캐롤라이나대학 인근의 중앙 광장은 나쁘지 않았다. 테이크아웃 상점, 술집, 옷 가게가 몰려 있는 평범한 곳이었다. 기차의 기적 소리는 멀리서 가끔 들려왔기 때문에 매력적이었고, 스프링클러 물에 흠뻑 젖은 잔디밭 위로 넓게 펼쳐진 캠퍼스는 그림 같았다.

일찍부터 즐기기 시작한 남학생들 몇 명이 어딘가에서 소리를 질러 댔다. "가자, 수탉들아!(사우스캐롤라이나대학의 스포츠 팀들을 통틀어 Gamecocks라고 부른다. 투계를 뜻하는 이 단어에서 나온 응원 구호가

'Go, Cocks!'인데, cock에는 '수탉' 외에 '음경', '모자챙을 위로 젖힌 것'이라는 뜻이 있다—옮긴이)" 여학생들은 엉덩이에 이 말이 찍힌 옷을 입었고, 남학생들은 이 단어의 다른 뜻을 상징하듯 더러운 흰색 모자를 쓰고 온 시내를 돌아다니며 여학생들을 향해 소리를 질러 대고 있었다. 아버지가 여기서 풍성한 머리카락을 자랑하며, 한 손에 책을 들고, 한 팔에는 여학생을 끼고 돌아다니는 모습을 상상하기가 힘들었다.

왼쪽으로 방향을 꺾자, 쓰레기통 주위에 거칠게 보이는 남자들이 모여 있었다. 나는 그들 중 가장 한심하게 생긴 사람 옆을 살금살금 피해서 지나가려 했으나, 그가 놀라운 속도로 나를 향해 손을 뻗었다. 그의 옆을 빙 둘러서 길 건너편 주유소로 가려던 나는 옆구리에서 주먹을 단단히 쥐었다.

"헤이." 그가 갈라진 목소리로 작게 속삭였다.

광장에는 사람이 없었다. 학생들은 아직 수업 중이거나, 아니면 벌써 문을 연 술집에 있는 모양이었다. 나는 얼마 전의 일에서 얻은 PTSD(외상후스트레스장애)로 하얗게 질린 마음을 다스리려고 애썼다. 예전에 익숙하던, 조용히 웅웅거리는 듯한 감정과는 아주 다른 감각이었다. 빠르고 거친 허리케인 같았다.

파커의 목소리가 들리는 듯했다. "도망쳐. 죽는 것보다 바보처럼 보이는 편이 나아."

"헤이!" 남자의 갈라진 목소리가 다시 들렸다. 그의 이는 누렇고, 피부는 가죽 같았다.

머릿속이 하얗게 변한 와중에도, 이 남자가 늙고 망가져서 해롭지 않은 사람이라는 생각이 들었다. 어쨌든 나는 언제라도 도망칠 수 있었다. 그래서 심호흡을 하고 그를 향해 돌아섰다.

"네?"

"1달러 남는 것 있어, 아가씨? 아니, 총각인가?" 그의 물음에 나는 고개를 저었다. 그의 두 가지 물음에 모두.

주유소에서 나는 차가운 음료수 진열대에 몸을 기댔다.

"조심해." 파커는 내가 출발하기 전에 이렇게 말했다. 반쯤은 농촌이나 다름없는 남부에서 내가 남자들 무리를 감당할 수 있을 거라고 생각하지 말라는 뜻이었다. 내 차를 세워 둔 곳으로 돌아가려면 아까 그 남자들 옆을 다시 지나가야 했다. 나는 아버지를 상상하며 그 길을 걸었다. 내가 완벽하게 올려붙인 어퍼컷에 그의 목이 만족스럽고 위험한 소리를 내며 확 꺾이는 모습이 보이는 듯했다.

남자들이 날 흘깃 보더니 다른 곳으로 시선을 돌렸다. 그리고 지나가는 여자를 향해 소리를 질러 댔다. 여자는 손사래를 치며 남자들을 휘이휘이 물리쳤다.

나는 안전했다. 입안에 남은 두려움의 쓴맛이 점차 사라지고 나니, 지독하고 여린 슬픔이 남았다. 마침내 자동차에 올라 문을 닫자, 침묵이 눈[雪]처럼 무겁게 내려앉았다.

눈을 감자 무릎을 꿇은 아빠가 보였다. 여기저기가 갈라진 그 길에서 허긴스가 아빠의 머리 위에 어른거리고 있었다.

허긴스, 총, 움츠린 아버지. "도망쳐." 허긴스가 속삭였다. 아버지는 일어나서 도망쳤다.

어쩌면 아버지도 어렸을 때는 다친 새들을 구해 주는 사람이었는지 모른다. 대학 시절 주먹다짐이 벌어지면 친구들을 보호해 주는 사람이었는지 모른다. 그렇지 않을 이유가 없었다. 무슨 일이든 가능했다. 어떻게든 내가 아버지를 이해할 수 있는 길이 있을지도 몰랐다.

어떻게든 내가 아버지의 아들이 되는 길을 찾을 수 있을지도 몰랐다.

16.

대학 4학년, 찌무룩한 새해 첫날에 그 전화가 왔다. 위스키 때문에 속이 메스껍고, 잠이 부족해서 머리는 멍할 때였다.

"로이에 대해 할 말이 있어서 전화했어." 엄마가 바로 본론을 꺼냈다. 엄마는 내 앞에서 항상 로이라는 이름으로만 그 사람을 불렀으므로, 나는 반사적으로 '아빠'라는 호칭을 고집했다. 그는 단순히 나한테 그런 짓을 한 사람이 아니라, 내 아버지이기도 했다.

"심각한 이야기야." 엄마의 말에 나도 모르게 그의 장례식을 상상했다. 장례식에서 몹시 너그럽게 구는 내 모습. 나는 그의 무덤을 향해 현명한 말을 늘어놓을 것이고, 내 여자 친구가 나를 집으로 데려갈 것이다. 그리고 그 집이야말로 진짜 집처럼 느껴지겠지. 바닥에 매트리스를 깔아 놓은 이 구질구질한 아파트와는 달리.

"그래요?" 나는 냉정한 척하려고 애썼다.

"너 일어났니?" 엄마의 목소리가 사무적으로 바뀌었다. "중요한 이야기야."

나는 몸을 일으켜 재활용품점에서 사 온 낡은 재떨이에 담배를 껐다. 그리고 손으로 머리를 빗었다. 마치 내 한심한 몰골을 엄마가 볼 수 있기라도 한 것처럼.

"네. 공부하고 있었어요."

"그래." 내 말이 믿기지 않는 목소리였다. "어떻게 얘기해야 할지 잘 모르겠어서 그냥 바로 이야기해야겠다." 약하게 들리는 어머니 목소리에 나는 불안하고 초조해졌다. "로이가 어젯밤에 아이들을 보러 들렀어. 그러다 나랑 싸움이 벌어졌지."

나는 숨을 쉬지 않았다. 고등학교 때 나는 두 사람이 현관문 앞의 복도에서 머리를 한데 모으고 조용히 대화하는 것을 본 적이 있었다. 아빠가 한 짓을 엄마가 알게 된 뒤로 몇 년 동안 별거를 하던 중이었으나, 아빠가 손을 뻗어 엄마의 손을 잡는 것을 엄마는 가만히 내버려 두었다.

"내 전남편 릭 기억나?"

"네, 물론이죠." 엄마는 릭의 배신으로 그 결혼 생활이 지독한 결말을 맞았다고 말한 적이 있었다. 마약 문제였다고 했던가? 상태가 가장 좋은 날에도 내 기억은 흐릿하다. 지나치게 열정적인 술집 경비원처럼 튼튼하고 긴 팔로 나를 보호하려 들기 때문이다.

"뭐, 릭이 아주 좋은 사람은 아니었지." 엄마가 간단하게 말했다.

"그렇죠."

"하지만 네가 두 살 때, 그 사람이 너를 만날 권리를 달라고 소송을 걸었다는 얘기는 너한테 안 했을 거다." 엄마가 말했다. "하지만 소송에서 졌지. 친자 검사를 통과하지 못했거든."

나는 침대에 드러누웠다. "왜 날 만나려고 한 건데요?"

"글쎄, 나도 잘 몰라."

우리는 침묵했다. 그러다 나는 엄마가 더 이상 설명할 생각이 없음을 깨달았다. "틀림없이 무슨 이유가 있었겠죠."

"나는 네가 태어났을 때 그 사람이랑 헤어졌어. 내가 남자 보는 눈이 좀 그렇잖니."

"흠." 나는 그 화제가 내키지 않아서 애매하게 굴었다. 그래서 그냥 침대 옆의 오래된 물을 마시고 기다렸다.

"로이랑 나는 가볍게 데이트를 하던 사이였지만, 네 아버지는 틀림없이 로이야. 릭도 그걸 알고 있었고. 내가 이혼을 요구했을 때 릭이 앙심을 품은 건가 싶다." 나는 창문 밖에서 밝게 빛나는 눈[雪]을 유심히 바라보았다. 더럽혀지지 않은 하얀 베개 같은 모습 속에 목을 얼려 버릴 만큼 지독하게 차가운 습기가 숨어 있었다.

"그럼 릭은 확실히 내 아빠가 아니에요?"

"절대 아니야."

"로이가 아빠예요?"

"난 처음부터 확신했어."

"알았어요."

엄마는 아주 오랫동안 머뭇거렸다. 나는 커다란 충격을 예감하고 기다렸다.

"그러니까… 로이는 네 아빠가 맞아. 하지만 1980년대에는 검사

기술이 그렇게 좋지 않았지. 그런데 우리가 싸울 때, 엘리랑 스콧이 로이의 말을 들어 버렸어….” 엄마는 능숙하게 코를 풀었다. “로이가 왜 이러는지 난 정말 모르겠다.” 엄마가 혼잣말을 했다.

“무슨 소리예요?”

“로이랑 검사한 결과가 불확실해.” 엄마는 곧 말을 덧붙였다. “아닐 확률이 95퍼센트야.”

“아닌 거예요, 불확실한 거예요?”

“넌 어렸을 때 로이랑 똑 닮은 모습이었어. 내가 이 말을 너한테 하는 건, 애당초 이런 소리를 절대로 하지 말라고 말한 사람이 로이 자신이라는 걸 로이가 갑자기 잊어버린 것처럼 굴기 때문이야.”

나는 생각을 정리할 수 없었다. 이런 건 알고 싶지 않았다. 다시 잠에서 깨어나 기지개를 켜며 굳어 버린 몸을 쭉 펴고, 내 인생이 찬장 안의 시리얼이나 내 머리를 쾅쾅 울려 대는 숙취만큼 단순하고 간단한 척하고 싶었다. 내 방문 저편에서 수동적 공격성을 지닌 내 하우스메이트 어맨다가 일부러 시끄러운 소리를 내며 설거지를 했다. 어젯밤 내가 또 설거지 차례를 그냥 넘겨 버린 것에 화가 났기 때문이다. 어맨다의 짜증, 밖에서 녹고 있는 눈을 생각하면 마음이 편안해졌다. 솔직히 이 이야기만 아니라면 무엇이든 좋았다.

“왜 전에는 나한테 말하지 않았어요?” 내 목소리에 깃든 소심함이 너무나 싫었다.

“그야 중요한 얘기가 아니니까. 10년이 흐른 지금 로이가 족제비처럼 빠져나갈 수는 없어. 로이가 네 아빠야. 그런 짓을 한 것도 사실이고. 그걸로 얘기는 끝이지."

"나한테는 중요해요." 내가 중얼거렸다.

"왜? 그런다고 로이가 네게 한 짓이 덜 지독해지기라도 해?"

"아니요."

나는 그 엔진 모형을 생각했다. 아빠가 멍청하고 물기 어린 눈을 하고 그 모형 주위에서 슬금슬금 움직이던 모습. 나는 다시 담배에 불을 붙였다. 하얀 블라인드에 묻은 검은 얼룩이 갑자기 못 견디게 싫어졌다. 나는 전화기를 손에 들고 있다는 사실을 까맣게 잊고 있다가 엄마가 훌쩍거리는 소리를 듣고서야 정신을 차렸다. 그리고 갑자기 밀려오는 안쓰러움을 밀어냈다. 엄마의 눈가가 어떻게 빨개졌을지 나는 정확히 알고 있었다. 엄마는 눈물을 흘릴 때마다 자신이 이렇게 슬퍼하고 있다는 사실을 믿을 수 없다는 듯이 깜짝 놀란 표정을 짓곤 했다.

"그럼 로이가 아니라면 누가 내 아빠예요?"

"로이가 맞아." 엄마가 말했다.

어맨다가 부엌에서 내던 시끄러운 소리가 그쳤기 때문에 세상이 너무나 적막해서, 지붕에 무겁게 쌓인 눈의 무게가 느껴지는 것 같았다. 블라인드에도 뭔가가 잔뜩 묻어 있었다. 저게 뭐지? 재인가? 사람 몸의 파편들이 도대체 몇 년 동안 이 방에 쌓인 거야?

"로이가 아니라면…." 나는 멍하니 말했다.

"로이를 만나기 전에 원나잇 상대가 하나 있었어. 그 사람한테 연락할 방법은 몰라. 모르는 사람이었으니까."

나는 담배를 길게 한 번 빨아들이고, 밝고 선명하게 타는 불이 모습을 드러낼 때까지 담뱃재를 털었다. 창문 너머에 매달려 있는 고드름이 위험하게 보였다. 길이가 30센티미터나 되는 고드름의 끝이 아주 뾰족했다.

"그 사람 이름은 알아요?"

"짐이야." 엄마가 말했다. "짐 넬슨. 뉴욕에 사는 사람인데, 무슨 회의에서 만났어. 그 사람은 네 아버지가 아냐. 이미 20년 전의 일이기도 하고."

나는 잠시 다른 삶을 꿈꿔 보았다. 아버지가 날 놀이공원에 데려가서 롤러코스터를 태워 주고, 자동차 오일 가는 법을 가르쳐 주는 꿈. 조부모가 돌아가셨을 때나 자신이 무력하다고 느낄 때나 스스로 어찌할 수 없는 무서운 일들이 세상에 존재한다는 사실을 깨달았을 때 혼자서 슬픔을 감내하는 아버지. 나는 그 상상 속의 아버지가 점점 나이를 먹어 세상을 떠나는 과정을 지켜보았다. 그의 몸이 점점 물렁해져서 운명에 굴복하는 모습을 지켜보고, 그가 죽음을 앞두고 속삭이는 소리에 귀를 기울였다. 그가 그랬듯 나도 세상이 아름다운 곳임을 깨닫기를 진심으로 바랐다고 말하는 소리가 들렸다.

"엄마가 미안해." 엄마의 마음은 나도 알고 있었다.

"로이가 내 아빠가 아니라면, 더 좋죠."

"하지만 십중팔구 맞을 거야." 엄마가 다시 말했다.

"십중팔구 맞을 거라고요." 나는 엄마의 말을 되풀이했다. "그래도 아니라면 좋은 일이에요."

"네가 그렇게 말할 줄 알았어."

나는 담배를 뻐끔거리며 오늘 밤 무엇을 할지 생각하는 일에 정신을 집중했다. 먼저 블라인드를 깨끗이 닦은 뒤에 아일랜드 술집에 들를 것이다.

"사랑해. 너도 알지?"

"알아요, 엄마." 나는 못생긴 사기 재떨이에 담배 필터를 짓이겼다. 불꽃이 발갛게 타올랐지만, 꽁초를 세게 눌러 버렸다.

정복이라는 말이 맞겠군. 나는 속으로 생각했다. 내가 불꽃을 정복했다고.

나는 그가 내 아빠라고 결론지었다. 아빠가 아니라면, 그는 결코 나를 사랑해 주지 않았을 것이다. 실은, 어쩌면 슬라브족의 특징을 지닌 내 얼굴과 나를 미워했던 건지도 모른다. 나의 호리호리한 몸은 그에게 사실을 계속 일깨워 주었겠지. 이런 생각을 하다 보니 너무 고통스러워서 나는 다시 사라지고 싶었다.

그러다 보니 문득 내가 듣고 싶은 이야기에만 귀를 기울이는 사람이 되었다는 생각이 들어서 기분이 나빠졌다.

"날 형편없는 사람으로 생각하지 마." 엄마 목소리가 작게 들렸다.

"안 그래요." 진심이었다.

전화를 끊은 뒤 나는 한참 동안 가만히 앉아서, 햇빛을 받아 링거 주사액처럼 물방울을 똑똑 떨어뜨리는 30센티미터 길이의 고드름을 지켜보았다. 왠지 화가 났다. 그 고드름이 내 창문을 너무 많이 가리고 있다는 것이, 그 날카로운 고드름의 모양에 대해 내가 전혀 뭐라고 할 수 없다는 사실이.

어맨다가 문 뒤에서 말했다. "네가 우리 설거지를 가끔 해 주면 정말 고맙겠어."

나는 내 부모가 아주 가까이 붙어 서 있는 모습을 상상했다. 로이가 내 아빠라고 상상하다가, 아빠가 아니라고 상상했다. 그를 몇 번이나 때리는 상상도 했다. 그가 악어의 눈물을 흘릴 때까지 때리는 상상.

"이런 얘기를 이미 몇 번 한 것 같은데." 어맨다의 말이 이어졌다. "난 정말이지 이 집의 규칙을 존중하는 사람과 살고 싶어."

나는 부서진 낡은 창문으로 다가가 최대한 활짝 열었다. 창문은 비명 같은 소리를 내다가 다시 쾅 닫혀 버렸다. 그 서슬에 바닥이 다 흔들렸지만, 세상에나.

그 망할 놈의 고드름은 부러지지 않았다.

17.

사우스캐롤라이나

2010년 8월, 29세

문서고의 벽에는 등록부와 기록, 곰팡이가 핀 빨간색 가죽과 낡은 갈색 가죽으로 제본된 책이 당황스럽게 뒤섞여 꽂혀 있었다. 나는 몇 권을 뽑아 남북전쟁 기록까지 훑어보고는 다시 꽂았다. 이 책들이 내 인생을 다룬 연극 속의 소품 같다는 이상한 기분이 들었다.

나는 큰아버지가 나를 평가하듯이 한참 훑어본 뒤에야 집 안으로 들이는 모습을 상상하지 않으려고 했다. 큰아버지와 큰어머니 홀리는 아주 독실한 남부 침례교인이었으므로, 엄마는 그들과 함께 교회에 갈 생각이 아니라면 일요일에는 찾아가지 말라고 미리 말해 주었다. 나는 큰아버지와 큰어머니가 남자인지 여자인지 구분할 수 없는 내 모습이나 내가 던지는 질문, 갑자기 자신들을 찾아와서 제대로 설명도 하지 않는 내 행동을 어떻게 해석할지 생각하지 않으려고 했다.

가만히 있어. 나는 내 몸에게 말했다.

그래, 어디서부터 시작할까? 내가 아버지에 대해 알고 있는 사실들을 종합하면 슬프긴 해도 딱히 불길하지는 않았다. 아버지의 맏형은 총으로 자살했고, 아버지의 가족들은 대공황 때 농장을 잃었다.

어쩌면 이보다 더 많은 의미를 내포한 이야기는 이것이다. 내가 어렸을 때 엄마는 아장아장 걷던 시절의 로이를 찍은 사진을 발견했다. 제대로 격식을 갖추고 찍은 그 사진에서 로이는 여자아이의 옷을 입고 있었다. 뺨은 분홍색으로 칠해졌고, 옷에는 러플이 가득했다.

그 사진에 내 모습이 있는 것 같았다. 하지만 그때는 그것을 어떻게 설명해야 할지 몰랐다. 거울 앞에 서면 보이는 남자아이의 모습이 나의 기본형이라는 사실은 알고 있었다. 옛날에 학교에서 선생님들이 영사기에 사용하던 투명 슬라이드 필름처럼 내 몸에 겹쳐 놓을 수 있는 기본형. 그 남자아이의 모습을 수용하려면 계산이 조금 필요했다. 몇 군데 선을 부드럽게 고치고, 그 남자아이와 내 모습을 하나로 합쳐 확실히 알아볼 수 있는 실루엣을 만들어 내야 했다. 대학을 졸업한 뒤, 주위의 소년들이 남자가 되어 가는 것을 보면서 나는 이제는 그들 사이에서 눈에 띄지 않는 존재로 지낼 수 없음을 깨달았다. 그들이 술과 스트레스 때문에 통통한 몸매로 바뀌었기 때문이다.

거울 속의 남자아이는 잠시 스쳐 지나가는 상상 속 존재가 아니라, 지금은 사라져 찾을 수 없는 필수적인 존재였다. 솔직히 말해서, 내가 사우스캐롤라이나에 온 것은 그 남자아이를 다시 살려내기 위해서였다.

◆

"저쪽의 인구통계 기록을 보면 되겠군요." 사서가 거대한 나무 캐비닛을 가리키며 말했다. 그녀는 볼터치를 너무 높은 곳에 너무 진하게 바르고 있었다. "마이크필름 기계로 보면 돼요."

"네." 나는 계속 설명을 기다렸다.

"마이크로필름 기계를 써 본 적이 없나요?"

나는 고개를 끄덕였다. 그녀가 내 목소리를 듣고 벌써 사실을 알아차린 건 아닌지 궁금했다. 가슴에서부터 목까지 수치심이 진하게 번져 목구멍을 막았다.

"그럼 내가 기계를 준비해 줄게요." 사서가 새의 노랫소리 같은 말투로 말했다. "이리 와요." 그녀는 시장에서 채소를 고를 때처럼 마이크로필름을 하나씩 전문가의 눈으로 자세히 살피며 필요한 것을 골랐다.

"이건 결혼 기록이에요." 사서는 점점 신이 나는 모양이었다. "인구통계 기록과 이 기록을 교차 확인하면 좋을 거예요." 결혼 기록으로 카운터를 톡톡 두드리는 사서의 손길에 애정이 배어 있었다. "이제 됐어요, 젊은이. 이걸 기계에 걸 수 있는지 한번 보죠." 나는 계속 고개를 숙이고 있었다. 목에서부터 점점 피부가 붉게 달아오르는 이유를 설명할 수 없었다. 내가 타고난 모습이 아닌 다른 존재로 보인다는 사실이 무서우면서도 사랑스러웠고, 이런 순간이 금방 깨질 수 있다는 사실이 불편했다.

사서는 거대한 괴물 같은 상자가 있는 곳으로 나를 데려갔다. 1980년대에 시간 여행에 대한 영화를 찍는 영화감독이 상상으로 만들어 냈을 법한 기계였다.

"그래, 조상들에 대해 알고 싶은 거예요?" 사서가 기계에 필름을 걸면서 물었다.

"음." 나는 최대한 낮은 목소리로 말했다.

사서가 나를 어떻게 보고 있을지 알 수 있었다. 오클랜드 애슬레틱스 야구팀 모자를 쓰고, 조용히 자료 조사를 하러 온 젊은 청년.

"됐어요." 사서가 스위치를 움직이자 인구통계 기록이 화면에 환하게 나타났다. "1920년이에요."

누군가가 공들여 기록해 둔 인구통계가 화면을 흘러가는 모습이 왠지 감동적이었다.

"이제 난 가 볼게요." 사서가 말했다. "저쪽에 있을 테니 필요하면 불러요." 사서는 자신의 자리를 손가락으로 가리켰다. 누군가의 어머니 같은 그 모습에 내 엄마가 그리워져서, 나는 날카롭게 나를 찌르는 죄책감을 애써 물리쳤다.

사람들에게 남은 것이 이야기뿐일 때가 있어. 나는 기계로 돌아가며 나를 일깨웠다.

맞는 말이었다.

◆

나는 공책에 아버지의 가계도를 그렸다. 대공황 때 농장이 팔린 기록처럼 눈에 보이는 사건들을 적은 뒤, 면화밭이나 당나귀가 끄는 수레나 가스등처럼 상상할 수밖에 없는 세부 사항들도 적어 넣었다. 내 조부모와 증조부모의 기록이 있었다. 계속 거슬러 올라가자 통계 기록자가 많은 여자들의 이름 옆에 "읽고 쓸 수 없음"이라고 적어 둔 곳이 나왔다. 식구들이 삼촌이니 조부모니 손주니 하는 이상한 무리를 이루어 함께 살던 시절이었다. 남북전쟁 때 남부 연방을 위해 싸운 할아버지의 형제가 있었다. 내가 상상도 하지 못했고 원하지도 않았던 방식으로 내 피에 노예제도의 오점이 묻어 있었다.

내 피라. 정말 그런가?

그런 것이 중요한가? 나는 대학교 마지막 학기에 답을 찾지 못한 채로 그 의문을 덮어 둔 뒤 다시 떠올리지 않았다. 내가 겪은 일들을 벗어나 살아가느라 너무 바빴기 때문이다. 나는 샌프란시스코에 있었다. 미국삼나무 숲과 게이 바가 있는 그곳에서 나는 트라우마에 좌우당하지 않는 인간이 되는 데에 온 힘을 쏟았다. 나는 '평범한 것'을 나의 북극성으로 삼았고, 더 나은 모습으로 새로워진 내 모습에 아버지는 영향을 미치지 못했다. 내 조상들도 마찬가지였다.

하지만 내가 방금 그린 지저분한 가계도와 내 이름이 들어가야 할 빈 자리를 빤히 바라보면서 나는 내가 틀렸음을 깨달았다. 내가 내린 답은 역설적이었다. 즉 중요하면서 중요하지 않았다. 생물학적인 관계는 내 흉터의 원인도 아니고, 내 흉터를 지워 줄 수도 없었다. 내가 누구의 자식이든, 내 몸은 내 것이다.

18.

수양버들이 남부의 노래에 묘사된 모습처럼 낮게 가지를 드리웠다.

나는 큰아버지 존의 소박하고 관리가 잘 된 식민지 양식 주택의 맞은편에 렌트카를 세워 놓고, 큰아버지에게 전화를 걸어 캘리포니아에 있는 척해 볼까 생각했다. 그런데 내가 겁을 먹고 물러나기 전에 내 전화기에 불이 들어오더니, 큰아버지의 집 전화번호가 떴다. 나는 생각이 변하기 전에 얼른 전화를 받았다. 전화를 건 사람은 큰어머니였다.

"길을 잃었니?" 큰어머니가 설탕처럼 달콤한 목소리로 노래하듯 말했다.

"아뇨. 방금 차를 세웠어요." 내가 대답했다.

뚱뚱한 큰어머니가 싱글싱글 웃으며 포치에 서 있는 것이 그제야 눈에 띄었다. 내 거짓말을 들킨 셈이었다. 딱딱하게 미소를 지으며 차에서 내리는 내게 큰어머니가 손을 흔들어 주었다. 나는 잔디밭을 가로지르면서 보폭을 작게 해서, 남자처럼 보이지 않으려고 애썼다.

큰어머니는 재빨리 나를 한 번 훑어보고는 끌어안았다. "정말 반갑구나." 따뜻하지만 도저히 속을 알 수 없는 남부 특유의 말투였다.

큰아버지가 큰어머니 뒤쪽에 나타났다. 두 사람은 배가 나온 체형과 몸집이 거의 비슷했다. 나는 큰아버지가 아버지와 아주 조금밖에 닮지 않은 것을 확인하고 마음이 놓였다.

내가 아는 한, 아버지의 행동에 대해 아무도 이 두 사람에게 알려주지 않았다. 엄마는 말하지 않았고, 로이는 말하고 싶지 않았을 것이다. 하지만 두 사람이 나를 만난 것은 10년 만이었으니, 그동안 연락이 뜸했던 이유를 두 사람이 어떻게 생각했는지는 모를 일이었다. 로이만 유독 그렇게 미쳐 버린 건지 모르겠다는 생각을 떨칠 수 없었다. 어쩌면 그것이 가장 무서운 시나리오 같았다.

존이 나를 끌어안는 대신 그냥 손만 내미는 것을 보고 나는 깜짝 놀랐다. 내가 남성임을 은연중에 인정해 준 셈이었다. "오랜만이구나."

나는 악수를 하며 맞장구를 쳤다.

큰아버지의 눈은 조금 흐릿했고, 이마를 가로지른 머리카락은 가늘었지만, 장난스럽게 반짝거리는 눈빛을 보니 가장 행복하던 시절의 로이가 생각났다.

"네가 여기 온 걸 네 아빠도 아시니?"

"아뇨." 내가 말했다. "요샌 서로 연락을 잘 안 해요."

홀리의 미소에 조금 긴장이 스몄다. 우리는 현관 앞 계단에서 작은 원을 그리며 선 채로 얼어붙은 듯 꼼짝도 하지 않았다. 이렇게 빨리 패를 내보인 내가 멍청이 같았다.

"그래, 그것 참 유감이구나." 한참 만에 존이 말했다. "배고프지 않니?"

◆

식당으로 가는 길에 나는 뒷좌석 창문에 이마를 기댔다. 저녁을 먹기에는 조금 이른 시각이라는 점과 중간에 큰아버지 부부가 다니는 작은 하얀색 목조 침례교회에 들러 감탄하는 시늉을 해야 했던 것 때문에 왠지 슬픈 기분이 들었다. 교회 주차장에 차를 세우고 차 안에 앉은 채로 큰아버지 부부는 금방이라도 하나님이 나타날 것이라고 기대하듯이 교회를 바라보았다. 그 경외의 시선에 나는 우울해졌다. 어쩌면 큰아버지 부부 사이를 오가는 에너지 때문이었는지도 모른다. 뭐라고 꼭 집어 말할 수는 없지만, 노래하는 것 같은 두 사람의 말씨 속에서 기묘한 파동처럼 박동하는 슬픔 같은 것.

"넌 교회에 다니니?" 다시 차가 출발했을 때 홀리가 물었다. 나는 뭐라고 대답해야 할지 알 수 없어서 그냥 그렇다고 대답했다.

존은 라디오를 켜지 않고 천천히 차를 몰았다. 그래서 뒷좌석에 앉은 나는 잠이 올 것 같았다. 햇빛은 쨍쨍하고, 창문은 열려 있었다. 우리의 대화는 대학 미식축구, 무더운 날씨 등 안전한 화제들을 따라 나른하고 편안하게 흘러갔다.

"집안의 역사를 글로 쓰려고?" 내가 문서고에서 하루를 보냈다고 말하자 존이 이렇게 물었다.

"아뇨, 꼭 그런 건 아니에요."

"넌 작가잖아, 아니야?"

"작가죠." 우리는 이것으로 이 이야기를 끝냈다. 내가 수상쩍은 의도를 갖고 이 마을에 나타난 악당처럼 보였다고 말할 수도 있을 것이다.

하지만 나는 집안의 역사를 글로 쓰려는 것이 아니었다. 그건 진실이었다. 사람들의 이야기가 때로 교차하거나 서로 얽힐 수도 있지만, 내가 책임이 있는 것은 오로지 내 얘기뿐이었다.

우리는 오전에 내가 남자들 무리와 마주쳤던 그 광장에 도착할 때까지 침묵을 지켰다. 대학 캠퍼스의 초록색 풍경은 이번에도 놀라웠다. 마치 학교 안내 책자 속을 움직이고 있는 것 같았다.

"나랑 로이가 주말마다 노새를 타고 여기에 와서 장을 보곤 했다." 존이 말했다.

"노새요?"

"그래. 대공황 이후였으니까." 존은 깜짝 놀란 나의 표정을 즐기는 것 같았다. 그가 지금 나를 놀리는 건지 알 수 없었다. 백미러로 나를 바라보는 존의 시선 때문에 조금 불편했지만, 친절한 존의 모습과 윙크에 아버지를 겹쳐 볼 생각은 없었다.

"거리가 얼마나 됐는데요?"

"뭐, 30킬로미터쯤." 존이 쾌활하게 말했다. "우리도 그때는 그냥 애들이었지. 좋은 시절이었다."

"진짜예요?"

"당연하지."

아버지가 어렸을 때 집이 가난했던 것은 나도 알고 있었다. 아버지가 스스로 돈을 모아 치과 치료를 받은 것이 젊었을 때 가장 처음으로 자부심을 느낀 일 중 하나라는 것도 알고 있었다. 아버지의 집안이 대공황에 휩쓸린 것도 알고 있었지만, 노새 이야기가 왠지 분위기를 싹 바꿔 놓았다. 어쩌면 아버지는 노새를 타고 시내로 가는 길 어딘가에서 분노를 느꼈는지도 모른다. 다른 아이들은 자동차를 타고 획획 달려갔기 때문에. 하지만 내가 계속 질문을 던지기 전에 우리는 목적지에 도착했다.

존과 홀리가 나를 위해 고른 식당은 캘리포니아 드리밍이라는 마을에 있었다. 옛 철도 기지 건물을 활용한 고급 스테이크 식당이었는데, 존이 차를 세우는 동안 나는 캘리포니아의 꿈이 잘 느껴진다는 생각을 했다. 아무래도 다른 꿈은 꿀 수 없을 것 같았다.

나무와 놋쇠로 장식되고, 조명이 어둑한 접수대에서 존과 홀리는 대대적인 환영을 받았다. "우리가 여기 자주 오거든." 존이 윙크를 하며 하는 말에 나는 고개를 끄덕였다. 얄궂게도 이곳은 동해안의 신사 클럽처럼 보였다. 여기 손님들은 캘리포니아를 꿈꾼다고는 하면서 캘리포니아 대신 뉴욕을 바라보는 것 같았다.

식당 측이 우리에게 내어 준 자리는 뒤편에 있는, 너무 커다란 테이블이었다. 주문을 마친 뒤 존이 기대에 찬 얼굴로 나를 바라보았다. 나는 이제 본론으로 들어가야 할 때임을 깨달았다. 그는 몸에 밴 예의 때문에 내게 왜 왔느냐고 대놓고 묻지 못할 뿐이었다.

"오늘 문서고에서 큰아버지의 집안에 대해 조금 조사를 해 봤어요." 나는 내 말투에 드러난 진심 때문에 긴장했다. 하지만 존은 알아차리지 못한 것 같았다. "독일 출신이죠?"

"그래, 맞다." 존이 편안하게 자세를 바꾸며 말했다. "사실 돈을 들고 이리로 건너와서, 여기서 토지를 무상으로 불하받아 정착했지."

나는 노새와 소작농을 생각했다. 이 집안이 이카로스처럼 추락해서, 그 수치심이 한 세대에서 다음 세대로 이어지다가 마침내 로이가 그 에너지를 모두 나에게 쏟아 내게 되었을 것이라고 상상했다.

"그럼 그때는 아주 잘살았나 보네요."

"그랬을걸. 하지만 네 아빠랑 내가 태어날 무렵에는 이미 모든 걸 잃은 뒤였어. 시내의 어떤 사람이 우리 집을 산 뒤, 우리가 계속 살 수 있게 해 주었다. 월세를 내면서 자기 농장 일을 봐 달라고 말이야." 존은 음료수를 길게 한 모금 마시고는 혀를 조금 늘어뜨렸다. 홀리는 우아하게 물을 마시면서, 한 번 마실 때마다 마치 양념을 치듯이 레몬즙을 물에 뿌렸다. 그녀는 조용히 우리를 지켜보았다. 나는 그녀에게 관찰당한다는 느낌을 떨칠 수 없었다.

머리를 하나로 묶은 웨이트리스가 다가왔다. "치킨 핑거야." 웨이트리스가 존 앞에 접시를 내려놓는 동안 존이 말했다. 아이 같았다. 나는 로이에게서는 저렇게 아이 같은 모습을 결코 보지 못했다는 사실을 또다시 깨달았다. 로이는 아이였던 적이 아예 없는 것 같았다.

나는 음식을 먹으면서 내가 알고 싶은 것에 대해 더 자세히 물어볼 방법을 강구했다. 옷 속에 들어 있는 로이의 사진이나, 그의 형 팀의 죽음에 대한 질문 같은 것.

로이에게 도대체 무슨 일이 있었기에, 내게 그런 짓을 할 만큼 사람이 망가졌을까?

그 원인을 정확히 알아내면 내 심장을 가득 메운 검은 재앙을 닦아 낼 수 있을 것이라고 생각했다니, 얼마나 순진했는지.

"넌 근시안적이야." 파커는 항상 이렇게 말했다. "네 생각에서 벗어나."

존을 바라보자 몸이 오싹해졌다. 커다란 진실의 실체에 접근했을 때, 그러니까 이를테면 술집에서 어떤 낯선 사람이 각자 하기에 따라 남에게서 받는 대접이 달라진다고 자기 친구에게 조언하는 것을 우연히 들었을 때의 느낌과 똑같았다.

나는 지금까지 계속 내 이야기를 직접 쓰고 있었다.

내 아버지가 어떤 사람이고, 그가 왜 그런 짓을 했는지에 대한 의문이 풀린다면 내 이야기가 조리 있게 정리될지도 모른다. 그런데 웃통을 벗고 내 꿈속을 뛰어다니는 수염 난 남자는 어떻게 봐도 나였다. 그 남자는 옛날에 내가 강도 때문에 길에서 무릎을 꿇고 있을 때처럼, 자유로이 풀려날 순간을 기다리고 있었다.

◆

존이 무표정하게 나를 바라보았다. 나는 이제 내가 말해야 할 차례임을 깨달았다.

"조부모님은 어떤 분들이셨어요?" 내가 말했다. "제가 그분들에 대해 아는 게 하나도 없어서요."

"아, 훌륭한 기독교인이셨지." 존이 닭고기를 자르며 말했다. "아버지는 죽도록 일하셨어." 나이프를 내려놓는 존의 표정이 철학적이었다. "정말로 일하다가 돌아가셨다. 로이가 아버지를 발견했다는 얘기는 너한테 해 줬지? 아버지는 뇌졸중 발작을 일으켜서 바닥에 쓰러져 반쯤 몸이 굳은 상태였다. 로이가 아버지를 병원으로 데려갔어."

"그랬어요?"

존은 놀란 표정을 지었다가 다시 원래 표정으로 돌아갔다. 홀리는 내 눈을 피했다.

"음, 그래. 아버지는 병원에서 돌아가셨다."

한참 동안 들리는 소리라고는 포크가 접시에 부딪히는 소리뿐이었다. 그러다가 다행히도 사우스캐롤라이나대학의 학생들과 그들의 부모가 시끄럽게 떠들어 대는 소리가 들려왔다.

"유감스러운 일이네요." 내가 말했다.

"아냐. 이미 오래전 일인데, 뭐. 어쨌든 로이는 그 뒤로 대학을 졸업하고 급히 도망치듯 여길 떠나 버렸어."

"왜 그랬을까요?"

"나야 모르지. 좋은 직장을 잡은 뒤 졸업식 다음 날 집에 와서 이사를 가겠다고 말하더구나. 그걸로 끝이었어."

"제가 말씀을 좀 받아 적어도 될까요?" 내가 묻자 존이 고개를 끄덕였다.

"로이 하면 생각나는 게 하나 더 있는데…." 존이 말했다. "우리 어머니가 돌아가셨을 때 우리가 어머니의 물건들을 나눠 가지기로 했거든. 그런데 로이는 엽총만 가져가겠다고 했어." 존은 고개를 절레절레 저었다. "네 아버지가 사냥을 정말 좋아하긴 했다만, 그래도 그렇지."

나는 우리 집의 석조 벽난로 앞에 앉아서 그 위에 걸려 있는 권총을 빤히 바라보던 기억을 떠올렸다. 나무로 된 손잡이는 반짝거리고, 총신은 길고 검었다.

허긴스의 모습도 생각났다. 덜덜 떨리던 그의 팔, 내 얼굴에 너무 가까워서 총구 안쪽이 들여다보이던 권총. 총구는 죽음처럼 어두웠다.

"그 총은 저도 기억해요."

"그래, 그렇지. 로이는 그것만 가져갔어."

가슴속에서 새가 날갯짓을 하는 것 같은 기분이 들었다.

"어렸을 때는 어땠어요?"

"어디 보자." 존이 말했다. 왠지 우리가 이미 죽은 사람의 이야기를 하고 있는 것 같은 오싹한 기분이 들었다. "로이는 항상 숲에서 혼자 놀았어. 거기가 조용하고 평화로워서 좋았는지." 존은 자신의 말을 확신하지 못하는 것 같은 표정이었지만, 그래도 웃음을 터뜨렸다. "나는 주로 여자들하고 놀았는데 말이지."

"아버지가 대학에 다닐 때 자주 만나셨어요?"

"사우스캐롤라이나대학에 다닐 때 매주 한 번씩 저녁을 먹으러 왔어." 마침내 홀리가 냅킨으로 입술을 두드리며 입을 열었다. "우리가 일요일에 온 식구를 초대하곤 했거든. 네 아버지는 거의 빼먹지 않고

오는 편이었다." 홀리는 식기를 접시 위에 모아 놓았다. "하지만 우리 결혼식에는 오지 않으려고 했어."

잠시 불편한 침묵이 흘렀다.

"맞아." 존이 빨대를 잘근거리며 말했다. "팀은 내 들러리 역할을 했는데, 로이는 결혼 피로연에도 오지 않으려고 했지. 그래도 오기는 했다. 맨 앞줄에 앉아 있었어." 존은 기억을 몰아내려는 듯이 고개를 절레절레 저었다. "그래도 정말 이상했어."

"흠." 나는 기침 비슷한 소리를 냈다.

"아마 로이가 자기 얘기를 별로 안 하는 모양이구나." 존이 농담처럼 말했다.

"그런 것 같아요."

두 사람은 내 말이 이어지기를 기다렸지만, 나는 더 이상 말을 덧붙이지 않았다.

"우리 집으로 가자." 존은 내가 내민 신용카드를 손사래로 물리치고 현금으로 계산하면서 말했다. 그의 눈은 아버지나 내 형제들과 같이 따뜻하고 촉촉한 갈색이었지만, 내 눈을 장식하고 있는 초록색 무늬는 없었다. "보여 주고 싶은 것이 있어."

◆

두 사람의 집은 서늘해서, 끈적거리는 바깥 날씨와 좋은 대조를 이루었다. 존이 2층을 뒤지며 돌아다니는 동안, 나는 이곳을 나가고 싶다는 강렬한 욕망 대신 서늘한 집 안 공기에만 생각을 집중하려고 애썼다. 홀리와 나는 온통 베이지색뿐인 거실에 앉아, 한없이 많은 손주들의 사진을 구경했다.

"찾았다!" 존이 난간을 꽉 붙잡고 말했다. 갑자기 기운이 쭉 빠진 것 같은 얼굴이었다. 그는 절룩거리며 계단을 내려와, 가족들이 모처럼 한자리에 모이는 날을 위해 누군가가 만든 하드커버 족보를 내게 건넸다. "루이스 집안에 대해 네가 알고 싶어 하는 모든 것이 여기에 있다."

로이의 성이 책 표지에 볼록하게 새겨져 있는 것을 보니 기분이 묘했다. 전에는 내 이름에도 그 성이 하이픈으로 연결되어 있었지만, 엄마가 나를 사회보장국으로 데려간 날 공무원들이 무심하게 그 성을 내 이름에서 떼어 버렸다.

이 족보에 담긴 이야기는 과연 가죽표지로 제본할 만한 가치가 있었다. 어쩌면 내 조상일 수도 있는 고조부모가 독일에서 배에 올라 소금 냄새가 나는 바닷바람에 시달렸다. 무료로 불하받은 땅, 미국의 영토확장주의, 면화 농사, 대공황, 가금류 농장, 고조부모가 새벽부터 해 질 녘까지 직접 운영하던 철로변 카페. 할머니뻘 숙모들, 조카들, 사촌들이 수십 명이나 되었다. 어쩌면 내 가족일 수도 있는 사람들이 정말 많았다.

나는 매년 존과 홀리의 집에 와서 뒤뜰에서 아이스티를 마시며 누가 알코올중독이고 누가 이혼 직전인지 쓸데없는 소리들을 늘어놓는 모습을 상상해 보았다. 홀리가 또 다른 앨범과 물 한 잔을 가져다주었다.

"이건 네가 나온 사진이야." 홀리가 4×6 크기의 광택이 나는 낡은 사진을 가리키며 말했다. 다섯 살쯤 되어 보이는 내가 이 집의 완벽한 대문 앞에서 챔피언처럼 웃고 있었다. 로이의 머리카락은 거의 검은 색이고, 어머니는 이를 다 드러낸 채 밝게 웃고 있었다. 우리 남매는 사촌들 옆에 얌전히 서 있었다. 사촌들의 집안은 자기만의 종교를 믿고, 독특한 말씨를 썼으며, 그들의 집에 깔린 카펫은 군데군데 가라앉아도 꽃주머니 같은 냄새가 났다.

사진을 보면서 나는 이 사진 속 아이를 더 이상 실망시킬 수 없다는 것을 깨달았다. 그 아이는 감당할 수 없는 비밀에 시달리는 모습을 하고 있었다. 눈 밑이 거뭇거뭇하고, 시선은 이 세상이 아닌 아주 먼 곳을 바라보는 듯했다.

엘리, 스콧, 로이의 얼굴을 보니 확실히 알 수 있었다. 나는 존의 얼굴을 올려다보았다. 로이는 내 아버지가 아니었다. 나는 검고 산만해 보이는 반면, 다른 사람들은 밝고 키가 크고 얼굴이 조금 둥글었다.

이 여행의 끝은 여기가 아니었다. 나는 처음부터 이 사실을 알고 있었는데도, 또 몸이 오싹해졌다.

"춥니?" 홀리가 조심스레 나를 바라보았다. 순간적으로 그녀가 내 생각을 정확히 알고 있는 것 같았다.

"아뇨, 괜찮아요." 나는 뭔가 이야기를 하고 있는 존에게 주의를 돌리려고 애썼다.

"로이의 이름은 그때 이 도시에서 가장 중요하던 사람의 이름을 딴 거야." 존이 말했다.

"아, 그래요?" 나는 로이가 자기 이름이 정말 싫다는 말을 자주 했던 걸 존에게 말하지 않았다. 이것은 내가 그에 대해 알고 있는 몇 가지 사실 중 하나였다.

"그 양반 정말 이상한 사람이었지." 존이 좀 더 너그럽게 말을 덧붙였다. "성격이 참 대단했어."

램프 두 개와 계단의 불빛이 약해서, 집 안의 다른 부분들은 여전히 어둑어둑했다. 홀리가 일어나서 부엌의 불과 램프 몇 개를 더 켰다. 두 사람이 나를 이대로 보내고 싶어 하지 않는다는 느낌이 들어서, 나는 어렸을 때보다 더 외로워졌다. 비좁고 축축한 곳에 갇힌 것 같은 느낌이었다. 버스 정류장에서 집으로 돌아오는 길에 비를 만나 축축해진 옷을 입은 채로 침대에 누워 있던 기억이 났다. 엄마와 아빠는 격투기 선수들처럼 각자 자기 구역에 떨어져 있었다. 아빠는 지하실에, 엄마는 옛날 부부 침실에. 나는 옷을 벗기도 싫고, 혼자 있기도 싫었다. 혼자 욕조를 채우고, 커다란 욕실 문을 잠갔다. 나중에 엄마가 문을 두드렸지만, 나는 못 들은 척했다. 그래 봤자 엄마의 걱정스러운 목소리가 점점 더 높아질 뿐이었다.

가만히 있어. 나는 내 몸에게 말했다.

"그럼 그 원래 로이는 어떤 사람이었는데요?"

존은 자기만의 특별한 의자임이 분명한, 겨자색의 빵빵한 의자에 등을 기댔다. "스원시(사우스캐롤라이나주 렉싱턴카운티에 있는 타운-

옮긴이) 절반이 그 사람 소유였는데, 겉모습은 마치 부랑자 같았어! 수염이 제멋대로 길게 자라 있고, 몸에서는 저게 사람이 맞나 싶을 정도로 악취가 났거든." 존은 로이가 그랬던 것처럼 '후아' 하는 소리를 냈다. 인심 좋은 아저씨 같은 소리였다. 나는 불편한 마음에 몸을 조금 움직였다.

"한번은 로이 아저씨가 현금으로 모델 T 자동차를 샀어. 몸에서 나는 악취가 하늘까지 닿을 지경인데도, 아무도 뭐라고 하지 않았지."

나는 즐거운 표정을 지으려고 애썼다.

"그 아저씨가 네 아버지한테 특별히 관심을 보였다. 우리 부모가 그 아저씨 이름을 따서 아이 이름을 지어 주었으니까 말이야. 그래서 초코바를 사 가지고 일부러 로이를 보러 왔지. 한번은 1달러 은화를 가져온 적도 있어. 진짜 은화."

내 온몸을 경보가 한바탕 훑고 나서, 유독 슬픈 일들만 보관되어 있는 내 심장의 아픈 곳으로 곧장 들어갔다. "그 로이 아저씨가 아빠랑 많은 시간을 보낸 거예요?" 내가 물었지만 존은 내 말을 흘려 넘기고 홀리에게 부엌에서 차를 가져다 달라고 부탁했다. 나는 존을 바라보았다. 정중하게 나를 향하고 있는 그 커다랗고 뻣뻣한 몸을.

존이 내 질문을 미리 예상했다는 듯이 앞으로 몸을 기울였다. "널 보니 정말 반갑구나." 그가 말했다. "인생이 정말 빨라. 잊지 마라." 그가 눈의 분비물을 훔쳤다.

홀리가 차를 들고 돌아왔다. "잠깐 실례할게요." 나는 이렇게 말하고 나서 화장실로 서둘러 달려갔다.

그리고 문을 닫은 뒤, 조개껍데기 모양의 비누로 손에 비누칠을 하며 생각을 정리하려고 애썼다. 로이, 어렸을 때의 로이는 십중팔구 내 남동생과 많이 닮은 모습이었을 것이다. 나는 두 사람의 얼굴을 나란히 놓아 보았다. 그래, 어린 로이. 그가 모델 T에 탄 어떤 변태의 손에 넘겨지고 있었다.

나처럼. 나는 생각을 막지 않았다. 심장이 경련하다 못해 가슴속에서 불꽃놀이가 벌어진 것 같았다. 압력이 점점 높아졌다.

◆

"내일 일찍 일어나서 더 조사해 보고⋯." 나는 거실에서 두 사람과 합류한 뒤 말끝을 흐렸다.

"그래." 존이 의자에서 일어나려고 힘들게 버둥거리며 말했다. 나는 그의 시선을 피했지만, 그는 알아차렸다. "네 아빠도 관절염이 있어." 존이 말했다.

"연락을 하며 지내세요?" 나는 놀란 표정을 감추려고 했지만, 로이가 가족들과의 연락을 일체 끊어 버린 것이 애당초 내가 여기까지 찾아온 이유 중 하나였다. 그에게 뭔가 비밀이 있다고 확신하는 이유이기도 했다.

"뭐, 그렇지." 존이 말했다. "얼마 전부터. 작년에 여기에 다니러 왔더라." 존이 나를 바라보았다. "네가 다녀갔다는 이야기를 로이에게 꼭 전해 주마."

"네." 내가 말했다. 조금 반가운 소리였다. 내가 어디든 마음대로 다닐 수 있다는 것, 이제 나를 방에 가둬 둘 수 없다는 것을 그에게 알릴 수 있다니. "저녁 식사 잘 먹었어요. 이렇게 시간을 내주신 것도 감사하고요. 정말 뜻깊은 시간이었어요."

"우린 가족이잖니." 홀리는 이렇게 말하고 나서, 나를 문으로 데리고 갔다. 존은 의자에서 혼자 일어나게 내버려 두었다. 원래 우리가 도와주면 안 되는 모양이었다. "언제든 오고 싶을 때 와."

지나가는 길에 홀리가 조용히 침실을 가리켰다. 괴상하게 생긴 금속 기계가 침대 옆에 있었다.

"저게 뭐예요?"

"존이 작년에 전립선암 진단을 받았거든." 홀리가 조용히 말했다.

"지금은 괜찮으세요?"

"그동안 힘들었어." 홀리가 울음을 터뜨리지 않을지 걱정스러웠다. 어쩌면 병 때문에 존과 로이가 다시 연락을 하게 된 것 같았다. 위급한 상황, 병원 입원, 이런 일들 때문에. 로이가 점잖게 굴어야 할 텐데. 우리를 위해 나무에 집을 지어 줄 때 로이가 피곤한 얼굴로 미소를 짓던 모습이 눈에 보이는 것 같았다. 로이가 뇌중풍 때문에 몸이 마비된 아버지를 발견하고, 어깨에 걸쳐 메고 가는 모습을 쉽게 상상할 수 있었다.

"내가 병을 이겼다. 걱정 안 해도 돼." 존이 뒤에서 나타나 말했다.

"다행이네요." 내가 말했다. 그리고 보니 존의 안색이 병자 같았다. 시들어서 안으로 꺼져 들어가고 있는 것 같았다.

"금방 또 놀러 와라, 응?" 존이 말했다.

"저도 그러고 싶어요." 이 말이 진심이라는 사실을 깨닫고 나는 깜짝 놀랐다.

"시간이 어찌나 빠른지." 존이 고개를 절레절레 저으며 말했다. "앞일은 모르는 법이야."

이번에는 내가 그를 안아 주었다. 일부러 더 힘을 줘서. 존의 말이 옳기 때문이었다. 하지만 이것이 우리의 마지막 만남임을 우리 둘 다 알고 있었다고 확신한다.

◆

차를 몰고 호텔로 돌아오는 길에 나는 로이와 그의 노새, 특별한 사냥총, 죽어 가는 아버지에 대해 생각했다. 마치 기억이 되살아나는 것처럼 그의 모습이 눈에 보이는 듯했다. 내가 그려 낸 그의 모습이 옳은지는 중요하지 않았다. 내가 그에게 인간의 모습을 주었다는 점만이 중요했다.

나는 컨트리 음악 방송으로 주파수를 돌려, 실연과 못된 여자와 남자다움에 대해 다듬어지지 않은 콧소리로 불러 대는 노래를 들었다. 노래가 딱히 마음에 들지 않는데도, 코러스 부분을 금방 배워서 따라 부르기도 했다. 내가 다른 사람이었다면 어떤 사람이 됐을지 궁금해서였다.

19.

사우스캐롤라이나

2010년 8월, 29세

다음 날 아침 콜럼비아를 빠져나오는 도로는 대체로 한산했다. 존이 옛날 스원시에서 살던 집을 구경시켜 주겠다고 제의했지만, 나는 혼자 조용히 생각에 잠길 수 있는 곳으로 가고 싶었다. 수탉 구호가 새겨진 모자와 사냥꾼들에게서 멀리 떨어진 곳, 특히 친숙하고 슬픈 존의 눈을 보지 않아도 되는 곳이 좋았다.

아름답고 화창한 날이었다. 껑충한 콘크리트 쇼핑몰, 쓰레기, 지저분한 트레일러 주택단지가 풍경 속에 점점이 흩어져 있기는 했지만. 뜨거운 비는 스트립 클럽 근처에서 내리기 시작해, 도시 경계선에서 그쳤다. 마침 내가 비포장도로에서 정말로 빨간 흙먼지를 피워 올리기 시작할 무렵이었다. 황폐해진 하얀색 농장 주택이 있고 텅 빈 벌판 위를 매들이 선회하는 황량한 풍경에도 그 나름의 아름다움이 있었다.

나는 차를 몰고 몇 킬로미터를 달리면서 비구름과 목초지, 나무 울타리와 도로 표지판을 머릿속에 사진처럼 찍어 두었다. 하늘이 맑아졌을 때는 차를 세우고 지나가는 자동차들을 지켜보면서 로이에게 작별 인사를 하는 최선의 방법이 무엇인지 고민했다. 나는 그가 내 아버지가 아니라고 확신했다. 약간 동물 같은 감각으로 나는 나와 아무런 상관이 없는 혈통의 사람들과 그들의 삶이 발하는 냄새를 맡을 수 있었다.

물론 확실히 할 필요는 있었다. 하지만 친자 검사를 하려면 로이와 연락을 해야 하는데, 우리는 연락을 하지 않고 지낸 지 10년이었다.

픽업트럭이 한 대, 두 대 지나가고, 그다음에는 안테나에 미국 국기를 매단 고물차가 지나갔다. 나는 도시나 항구에서 멀리 떨어져 사방이 땅으로 둘러싸인 농가에서 가족을 온 세상으로 알고 보내는 유년 시절이 어떨지 상상해 보았다. 눈을 감고, 차에 몸을 기대고, 어떤 식으로든 지금의 나를 만들어 준 세상의 구석에서 숨을 들이쉬었다.

볼 것이 많지는 않았다. 그래도 나는 한 번 더 차를 세웠다. 길에서 멀리 들어간 곳에, 내 조부모가 묻혀 있다고 존이 말해 준 침례교 묘지가 있었다. 자그마한 예배당을 찾는 데에는 시간이 좀 걸렸다. 한낮의 햇빛 속에서 예배당이 거의 하얗게 바랜 것처럼 보였다. 맞은편 밭에서 풀을 깎고 있던 남자가 나를 향해 재빨리 경례하는 시늉을 했다. 우리 둘 다 더위로 땀을 뻘뻘 흘리고 있었다. 나는 답례로 고개를 끄덕였다. 온 세상을 향해 남자로서.

루이스라는 이름이 새겨진 묘비가 열 개 남짓 되었다. 죽어서 태어난 아기들, 인플루엔자로 쓰러진 사람들, 멀고 먼 친척들이 수십 년에 걸쳐 모여 있었다.

나는 여전히 나 혼자인지 확인하려고 주위를 둘러보았다. "안녕하세요, 할머니." 할머니의 묘석을 보고 내 마음이 뭉클해지는 것이 나 자신도 놀라웠다. 나는 할아버지 이름의 글자들을 손으로 만져보았다. L-E-E. "할아버지."

그때 우리는 모두 함께 있었다. 우리의 이야기가 서로 겹쳐졌다. 심지어 로이의 이야기까지도. 이 묘지에 찾아오길 잘했다. 어떤 사람이 어떻게 해서 지금의 모습이 되었는지 알고 싶다면, 그를 길러 낸 곳에 가 보고 그의 가족들을 만나 보아야 한다. 아니, 내 가족이지. 나는 말을 고쳤다.

엄마의 말이 옳았다. 어떤 의미에서 친자 여부는 중요하지 않았다. 중요한 것은 예전에 그가 서 있던 바로 그 자리에 나도 서 있을 수 있다는 점이었다. 이것이 또 하나의 물리법칙이다. 창조된 것이 없으면, 파괴되는 것도 없다. 우리는 그저 몇 번이고 계속해서 돌아올 뿐이다. 돌아와서 사슴을 보고, 개울물 소리를 듣고, 집 뒤쪽 포치에서 얼음처럼 차가운 음료수를 맛볼 뿐이다.

나 자신을 지울 수 없다면, 내 과거도 지울 수 없었다. 토대에서 미끄러질 것 같은 모습으로 산만하게 늘어선 수많은 주택들처럼 나도 형태를 바꿀 거라면, 무너지지 않을 정직한 토대를 갖고 싶었다.

20.

캘리포니아

2010년 9월, 29세

오클랜드의 집으로 돌아온 나는 뛰었다.

피드몬트 묘지 정상까지 달려 올라가 안개 속에서 반짝이는 베이 브리지의 불빛들을 지켜보았다. 메리트호수로 달려 내려가 매달 조지 허긴스의 변론 준비 기일이 열리는 법원 앞을 지나갔다. 나는 그 사건을 주의 깊게 보고 있었기 때문에 잘 알았다. 하지만 뛰면 뛸수록 4월의 그날 밤에 느꼈던 명징함과는 거리가 멀어졌다. 나는 다른 어떤 것으로부터 도망치고 있었다.

내 몸은 알고 있었다. 내 몸이 늦은 밤에 나를 노트북 컴퓨터로 이끌었다. 모니터의 창백한 불빛에 의지해서 테스토스테론의 효과에 대해 읽었다. 목소리가 낮아지고, 얼굴에 털이 나고, 근육이 쉽게 생기고, 몸의 지방이 재배치된다. 나보다 10년은 젊은 남자들이 허벅지에 2센티미터가 넘는 바늘을 찔러 넣는 영상들을 한없이 보았다.

부작용으로는 간 질환, 암, 당뇨가 있었다.

연애도.

나는 노트북 컴퓨터를 덮어 밀어 두었다. 뛰고 또 뛰었다. 타는 듯한 종아리에서, 헉헉거리는 허파에서 나 자신을 찾아보았다.

"이건 선택할 수 있는 일이 아니에요." 유튜브에서 성전환 남자들은 몇 번이나 이렇게 말했다. "내가 잘못된 몸을 가지고 태어난 겁니다."

하지만 진리는 흑백으로 간단히 갈리는 것이 아니다. 결국 모든 것은 선택의 문제다.

그래도 나는 이해했다. 허긴스에게서 멀어져 41번가를 달리던 내 다리의 힘만큼이나 강력한 힘이 나를 밀어붙였다. 나를 사우스캐롤라이나로 보낸 것과 같은 힘이었다. 세상 앞에서 내 심장을 단단히 봉해야 할 이유가 수없이 많은데도, 그 힘이 내 심장을 계속 열어 두었다. 알지만 설명할 수 없는 일은 엄청나게 아름답다. 그것을 믿음이라고 불러도 될 것이다. 나는 그렇게 부른다.

◆

"너 자신을 위해 싸워야 돼." 처음 만났을 때 파커는 이렇게 말했다. 몇 번이나 되풀이해서. "어디에 있든, 네가 어떤 사람이든, 넌 살아갈 권리가 있어."

21.

캘리포니아
2010년 9월, 29세

몇 달 전 약혼했을 때, 결혼식은 어른처럼 옷을 차려입고, 마법처럼 정말로 어른이 될 수 있는 완벽한 기회 같았다. 그러나 지금 생각하면 그런 희망을 품은 것이 이상하고 잘못된 일 같다. 심지어 어리석어 보인다. 이제 우리는 확인할 사항들의 목록을 힘차게 하나씩 지워 가면서도, 결혼 서약을 작성하는 일은 피하고 있었다. 우리는 스파클링 와인과 꽃을 주문하고, DJ를 해 주겠다거나 반지를 만들어 주겠다거나 음식을 맡아 주겠다고 나선 친구들에게 브리핑도 해 주었다.

"예식은···." 내가 결국 지친 목소리로 말했다.

"모든 게 달라졌어." 파커가 실망한 목소리로 대답했다. 우리가 줄곧 정면으로 바라보고 있던 현실 때문이었다. 무슨 일이 일어날지 알 수 없는 상황에서 우리가 무엇을 약속할 수 있을까?

우리에게 현실을 보여 준 사람은 내 누이 엘리였다. 엘리는 결혼식 사회를 맡기로 되어 있었는데, 결혼식 몇 주 전에 영적인 조언자로 입장을 바꿨다. 엘리는 티베트의 풍장에 대한 논문을 썼고, 호스피스 병

114

동에서 일했으며, 그다음에는 HIV 보균자들을 돌봤다. 그녀는 세상의 덧없음을 알고 있었으므로, 우리더러 굳이 싸우려 하지 않는 것이 어떠냐고 말했다.

"만약 우리가 결혼한다 해도….." 파커가 우리 둘에게 말했다. "난 '영원'을 입에 담고 싶지 않아. 지금 이 순간만 생각하고 싶어. 내가 널 존중하고, 네가 날 존중하고, 우리가 먼저 본연의 모습을 솔직하게 드러내기로 하는 것이 중요해."

"그걸 결혼 서약으로 하면 되겠네." 엘리가 말했다.

"그렇지." 우리가 대답했다. 오랫동안 입을 모아 말한 경험이 있어야만 낼 수 있는 일치된 목소리로. 내가 달리기를 시작한 뒤 긴장이 넘치던 몇 달 동안, 우리는 항상 쉽게 의견을 일치시킬 수 있었다. 다른 것은 모두 보여 주기 위한 예식이었다.

◆

나는 결혼식 날 아침에 유칼립투스 나무들 사이로 우리 오두막의 미닫이문이 바다를 향해 열리는 것을 보았다. 멘도시노는 동해안의 여름날만큼 따뜻했고, 가족들과 친구들의 발걸음으로 땅이 웅웅 울렸다. 사람들은 식장으로 차를 유도하는 일, 사진을 찍는 일, 음식을 준비하는 일, 의자를 옮기는 일 등을 한 다음에 또 할 일이 있느냐고 우리에게 물어보았다.

"내가 많이 변하면 어쩔 거야?" 내가 물었다.

"변하면 변하는 거지."

나는 넥타이를 매다가 침대로 드러누웠다. 파커도 내 옆에 누웠다. 내 단춧구멍이 파커의 드레스와 같은 색이었다. 이렇게 한 팀처럼 옷을 차려입으니 기분이 좋았다. 나는 파커의 손을 잡고, 내 남동생의 주머니에 있을 반지를 생각했다. 파커의 반지 안쪽에는 '뿌리'라는 말이, 내 반지 안쪽에는 '바다'라는 말이 새겨져 있었다.

"우리가 계속 함께일까?" 내가 물었다. 파커는 잘 알면서 왜 그런 소리를 하느냐는 듯이 나를 바라보았다.

"그거야 모르는 일이지." 파커가 말했다.

이것은 우리의 새로운 시작이었다. 거친 태평양이 내려다보이고 바람이 많이 부는 곳에 많은 사람들이 모여 우리를 중심으로 들쭉날쭉한 원을 그렸다. 나중에 나는 오클랜드에서 우리가 강하면서 동시에 약한 존재일 수 있다는 교훈을 배운 그날 밤 덕분에 이 순간이 더욱더 훌륭해졌다는 생각이 들었다. 사랑은 약속이 아니다. 파도처럼 거칠고, 우리가 차를 몰고 지나간 삼나무 숲처럼 꿋꿋한 진실이다. 우리는 구불구불한 길을 따라 집으로 돌아가는 동안 내내 기어 위에서 서로 손을 잡고 있었다.

22.

오클랜드

2010년 11월, 29세

내가 상담 시간에 달릴 때의 느낌, 가슴이 넓어지는 느낌, 그리고 그 뒤에 나타나는 아픔, 사우스캐롤라이나, 테스토스테론에 대한 조사, 매달 열리는 허긴스의 변론 준비 기일, 친자 검사, 무엇이 남자를 만드는지에 대해 아직도 남아 있는 의문에 대해 이야기하자, 심리 치료사는 자신의 통찰력을 향해 미소를 지었다.

"허긴스에게서 도망친 경험이 당신을 바꿔 놓은 게 아닐 수도 있습니다." 그가 말했다.

"당신이 자문해야 하는 질문은 이건지도 모르죠. '나는 무엇을 향해 달려가는가?'"

나는 어깨를 으쓱했다. 그의 말이 맞다는 것을 알면서도, 그의 말이 암시하는 것이 짜증스러웠다. 그의 상담실이 있는 곳은 노밸리의 빅토리아식 건물로, 바람이 숭숭 들어왔다. 나는 쓴 박하차가 가득 들어 있는 오래된 종이컵을 들고 "내 몸 안에 있는" 느낌을 느껴 보려고 애썼다.

"지금은 어디에 있습니까?" 심리 치료사가 물었다. 나는 내 혈관 속, 턱 근육 속, 발바닥의 두꺼운 피부 속으로 들어가 보려고 애썼다. "지금 어디서 자신이 느껴집니까?"

우리는 호르몬에 좌우되는 존재임을 나는 알고 있었다. 스트레스와 섹스가 곧 우리다. 공격을 받았을 때, 얼어붙었을 때, 상대를 한 대도 때릴 수 없을 때, 우리는 자신의 공포에 눌려 차갑게 식어 버린다. 거울에 어떤 남자가 보이는데도 그 남자가 존재하지 않을 때, 우리는 어리석은 우주, 우리를 움직이지 못하게 붙잡고 있는 우주를 건드리기 싫어서 그대로 멈춰 버린다.

"내 무릎이요." 내가 말했다. 무릎 안에서 힘과 두려움이 흔들리는 것이 느껴지고, 내가 달리고 또 달려서 도망칠 때 목 안에 들어찼던 차가운 안개와 창문을 통해 새어나오는 텔레비전의 창백한 빛이 생각났다. 기계처럼 움직이는 다리를 타고 흐르던 전기와 가능성과 두려움이 생각났다.

내 근육에 내 목숨이 달려 있었다. 41번가까지 계속 나를 따라온 아드레날린의 악취. 내 주먹 속에 내 목숨이 동글게 말려들어가고, 팔 근육 속에서 내 목숨이 수축했다. 내 목숨은 멀고 먼 기억 같은 것이 아니라, 계속 내 안에 잠들어 있던 생생한 동물 같은 부분이었다. 내가 해롭다고 착각했던 포효, 해방을 원하는 본능, 어떻게 해도 파괴할 수 없고 변형만이 가능한 에너지였다.

◆

"그래서." 밤이 길게 늘어질 때 나는 파커에게 이렇게 말했다.

파커는 칠리에 위스키를 조금 따랐다. "그래서 말이죵." 이렇게 말해 놓고 자기 농담에 스스로 웃음을 터뜨렸다.

"테스토스테론 주사를 진지하게 생각하고 있어."

"알아." 파커는 내 말을 무시한 채 다시 칠리를 젓기 시작했다.

"옛날보다 더 진지해." 우리가 이런 대화를 나눈 적이 아마 열두 번은 될 것이다.

"그래."

"내가 정말로 그 치료를 받아도, 넌 계속 나랑 같이 있어 줄 거야?" 나는 긴장한 티를 내지 않으려고 애썼다. 파커의 답변에 정확히 무엇이 달려 있기에 이렇게 긴장이 되는 건지도 알 수 없을 정도였다. "그러니까, 그럴 거지, 응?"

"아마 그럴걸." 파커는 불안한 기색이었다. 내 목소리에서 뭔가를 감지한 모양이었다. 파커의 불분명한 태도 때문에 내 목구멍이 순간적으로 좁아들었다. 내가 풀 죽은 표정을 지었는지 파커는 칠리를 끓이던 불을 줄이고 냉장고를 열어 포도주 두 잔을 따라서 자리에 앉았다. 그리고 나와 잔을 부딪쳤다.

"너 자신이 되기 위해." 파커가 말했다.

"너 자신이 되기 위해." 내가 파커에게 말했다.

"난 지금의 네가 좋아." 파커가 말했다. "그래서 네가 변하는 건 바라지 않아."

"그래도 난 너랑 같이 있고 싶어."

"알아. 아마 그래도 괜찮겠지. 십중팔구는.'

"별로 확신이 없는 목소리인데." 내가 머나먼 곳에 있는 것 같았다.

파커가 한숨을 내쉬었다. "어디 보자." 파커가 한 손을 휙 돌리는 것처럼 움직였다. "상상을 해 보고 있어."

나는 천천히 제자리에서 돌았다.

"그래, 똑같아 보일 거야." 파커가 말했다.

"그게 다야?"

"그래, 그럼 내 기분을 말해 줄게." 파커는 따뜻하고 슬픈 눈빛을 했다. 그녀가 지금 얼마나 노력하고 있는지 알 수 있었다. "네가 달라질까 봐 난 진짜 불안해. 나한테 매력을 느끼지 않게 될까 봐 무서워. 우리는 이제 막 시작인데 사이가 나빠지기라도 하면 어떻게 해?"

"변화는 잘못된 것이 아니야." 나는 변명하듯 말했다. 파커의 두려움에 깃든 진실이 내 이야기와는 불협화음을 이뤘다. 파커의 말이 옳다는 것을 내가 아는데도. 나는 파커가 물 흐르듯이 칠리 냄비로 돌아가는 모습을 지켜보았다. 그녀의 몸은 하나가 되어 함께 기능을 발휘하고 있었다. 시끄럽게 짤랑거리는 부품들이 모인 내 몸과는 달랐다.

"다리가 눈앞에 나타나면 건너야지." 파커가 어깨 너머로 말했다. "네가 지금 당장 꼭 해야 하는 일이야? 좀 더 생각해 보는 건 어때?"

나는 파커를 쫓아 부엌으로 들어갔다. "나는…."

"옳은 일이 뭔지 생각해 볼 거지?" 파커가 말했다. "난 널 믿어. 진심이야."

어떻게 해 보기도 전에 나는 온몸이 흔들릴 정도로 격하게 흐느끼고 있었다. 파커는 양팔로 나를 꼭 끌어안았다. 토끼처럼 팔딱거리는 파커의 심장 소리가 들렸다. 얼마쯤 시간이 흐른 뒤 나는 내 눈물로 젖은 파커의 셔츠에서 고개를 들었다.

"나한테 좋은 생각이 있어." 파커는 욕실로 사라졌다가 마스카라를 들고 나타났다.

"날 봐." 그녀는 이렇게 말하고 나서 내 턱을 부드럽게 돌리더니, 내 얼굴에 마스카라를 찍고 문질러 수염 비슷한 모양을 만들었다. 그리고 마스카라 솔을 입에 물고 뒤로 물러나 앉아서 내 얼굴을 살펴보았다.

"이 얼굴에 익숙해질 수 있을 것 같아." 파커가 말했다.

나는 욕실 거울로 내 모습을 확인하기 위해 이 순간을 깨고 싶지 않았기 때문에 핸드폰을 꺼내서 사진을 찍었다. 내가 앞쪽이고, 파커는 내 어깨에 머리를 얹은 포즈로.

플래시도 없이 흐릿한 불빛 속에서 찍은 사진이라 어둑한 그림자와 내 하얀 옷과 파란색 모자가 한데 합쳐져 마법 같은 효과를 냈다. 나는 내가 그리던 남자의 모습, 다 자란 소년이 되어 있었다. 이제야 본 모습을 찾은 것 같았다.

"와우." 나는 이렇게 속삭이고는 한 손을 흔들면서 계속 사진을 바라보았다.

"헤이, 나르시스!" 파커가 이렇게 말하는 바람에 나는 얼굴을 붉히며 핸드폰을 내려놓았다.

　"내가 좋은 남자가 될 것 같아?" 칠리를 다 먹은 뒤, 다리를 위로 올린 자세로 나는 이렇게 물었다.

　파커는 주저 없이 대답했다. "지금 네가 좋은 사람인 것 같아?"

　"응."

　"그럼, 뭐." 파커는 대답이 뻔하지 않느냐는 듯이 말했다.

III
싸움

23.

캘리포니아주 오클랜드
2010년 11월, 29세

르네 C. 데이비드슨 법원은 아무 장식이 없는 기능적인 석조 건물이다. 창문으로 메리트호수를 볼 수 있는 이 건물 안에서 나는 줄을 서기다리면서, 얼룩이 묻은 넥타이를 맨 변호사들과 지친 표정의 행정가들 중 몇 명이나 가로등이 늘어선 길을 따라 달리는 내 모습을 보았을지 궁금해졌다.

"수감자에 대한 정보를 알아보려고 왔습니다." 나는 머리를 땋고 사무용 정장 차림으로 두꺼운 유리 창구 뒤에 앉아서 짜증스러운 표정을 짓고 있는 여자에게 말했다.

"말해 줄 수 있는 게 별로 없어요. 고작해야 다음 재판 날짜 정도죠." 그녀는 나와 눈을 마주치지 않았다.

나는 허긴스의 정보를 어디서 찾아봐야 하는지, 그달 말에 그가 어디에 나타날 예정인지 알고 있었다. 창구에 앉은 여자가 그 밖에 더 아는 것이 있을지는 나도 짐작할 수 없었다. 혹시 허긴스와 연락하는 방법을 알까? 아니면 선서 증언과 재판 연기가 언제쯤 끝나고 실제

재판이 시작될지는? 헝클어지긴 했어도 머리를 높이 빗어 올리고 정장용 구두를 신은 내 모습은 가장자리에 모피가 둘러진 커다란 파카와 디즈니 캐릭터가 그려진 티셔츠 차림으로 내 뒤에 서 있는 사람들과 어울리지 않아서 당혹스러웠다.

창구의 여자가 허긴스의 이름과 체포 날짜를 말하라고 해서 나는 알려 주었다. 여자가 내게 그의 사회보장번호를 묻는 것을 보고서야, 나는 그녀가 우리를 친척이나 가까운 사이로 본다는 것을 알았다. 나는 감옥에 갇힌 로이의 모습을 잠시 상상해 보았다. 황량한 면회실에서 누군가를, 아마도 나를 기다리는 모습을.

"오!" 여자가 자기 컴퓨터를 향해 말했다. 그녀의 부스에는 치열교정기를 낀 아이의 사진과 함께 '미래를 들이마시고 과거를 내뱉어라' 같은 문구들이 가득했다. 나는 흐릿한 불빛을 받으며 하루 종일 이 좁은 곳에 갇혀 불행한 조부모들이나 아픈 가슴을 부여잡은 어머니들과 이야기를 나누는 삶을 상상해 보았다. 안쓰러운 마음이 들었다. 여자가 나를 향해 몸을 기울이더니, 지금까지 줄곧 숨기고 있던 다정함을 드러내며 속삭였다. "187로 들어왔어요?"

동정심이 그녀의 얼굴에 가득했다. 187은 '살인'이었다.

"네." 내가 말했다.

여자는 다음 증언 청취 날짜 옆의 암호를 설명해 주었다. "증거에 관한 거예요. 십중팔구 어떤 증거를 받아들일지 말지 결정할 거예요."

"재판이 언제 시작될지 알 수 있을까요?"

"그건 변호사한테 물어봐야죠. 더 도움이 되지 못해 미안하네요."

나는 그녀에게 고맙다고 인사하고, 뒤에 잔뜩 모여 있는 할머니들을 향해 돌아섰다.

"나라면 다음 공판에 올 거예요." 여자가 뒤에서 소리쳤다. "곧 겨울 휴식기니까, 한동안 공판을 볼 기회가 없어요."

줄을 선 사람들이 호기심 어린 눈으로 나를 지켜보았다. 나는 이곳에서 유일한 백인이었다. 이 문제 많은 나라, 망가진 시스템, 그리고 저마다 슬픈 사연을 갖고 이 더운 방을 가득 채운 사람들.

불편한 고통과 이 모든 사람들의 걱정이 내 배 속에 뿌리를 내리는 것이 느껴졌다. 어쩌면 우리 사이에 겹치는 부분을 찾는 것이 열쇠인지도 모르겠다는 생각을 하는데, 머리에 스카프를 쓴 청년이 내게 고개를 끄덕했다. 나는 그에게 마주 고개를 끄덕여 주며 내가 되고 싶은 모습, 그러니까 복수가 아니라 뭔가 밝은 일을 위해 나온 착한 사람 같은 모습으로 그 옆을 지나쳤다.

24.

가끔 아빠가 엘리와 스콧을 보러 오곤 했다. 복잡한 상황이라서 우리 모두, 특히 내가 불편해졌는데, 그 이유를 가족들은 몰랐을 것 같다.

나는 아빠에게 어딘가 상징적인 곳, 그러니까 우리가 방과 후에 모두 가서 술에 취하곤 했던 다리 너머 풀밭 같은 곳으로 나를 데려다 달라고 단 한 번도 용기를 내서 말하지 못했다. 그 풀밭에서는 비행기가 이륙하는 것을 볼 수 있었고, 다른 사람이 된 것처럼 굴 수도 있었다. 나는 아빠에게서 "내가 항상 이런 사람이었던 건 아니야."라는 말을 듣고 싶었다. 암호 같은 비유를 원했고, 낚싯대에 미끼를 묶는 법을 배우고 싶었다. 아빠와 주먹다짐을 벌여 앞니를 부러뜨린 다음에 담배를 한 대 피우면서 마침내 모든 일을 끝내고 싶었다.

하지만 그러는 대신 실제로는 아빠가 고갯짓으로 인사하면 나도 고갯짓으로 인사한 뒤 위층으로 올라가 내 방에서 몰래 들여온 담배를 마구 피워 대며 주말용 가방을 쌀 뿐이었다.

"헤이." 10월의 어느 날 친구에게 전화를 걸어 날 시내까지 태워다

줄 수 있느냐고 물어보러 가는 나를 아빠가 불러 세웠다. 친구가 안 된다고 하면 나는 버스를 타고 길게 뻗은 오하이오리버대로를 지나는 동안 헤드폰으로 음악을 듣고, 지나가는 굴뚝을 세고, 더 크고 아름다운 도시를 상상할 작정이었다.

"이리 와 봐라. 너한테 보여 줄 게 있어."

아빠가 황갈색 작업복 재킷을 어깻짓으로 몸에 걸치면서 말했다. 나는 아빠와 의례적인 인사 외에 말을 주고받은 것이 얼마 만인지 기억을 더듬어 보았다.

아빠의 손가락이 내 허벅지를 붙잡았던 그날 이후로 우리의 외모는 변화했다. 아빠의 머리에는 이제 은발이 더 많고, 나이를 먹어서 몸의 움직임도 뻣뻣해졌다. 나는 정말로 십 대 소년처럼 보이는 모습이라서, 내가 남들과 다르다는 사실을 거의 잊어버리고 지냈다. 어쩌다 거울 앞을 지날 때 있지 말아야 할 형태를 보고, 나처럼 보이지만 결코 내가 아닌 낯선 사람을 볼 뿐이었다. 그럴 때면 누가 가슴에 발길질을 한 것 같았다.

나는 복도에서 아버지를 따라가며 거리를 두고 예의를 지켰지만, 속으로는 그날 밤의 계획을 짜고 있었다. 피츠버그에서 자유롭게 살고 있는 여자 친구에게 전화를 해야지. 신기하게도 그 아이의 아버지는 새로 멋지게 수리한 그 아이의 지하 침실에 내가 머무르는 것을 아무런 제한 없이 허락해 주었다. 나와 함께 거리 저편의 식당에 들어가면, 그 아이는 십중팔구 더우면서 동시에 춥다고 말할 것이다. 그리고 지난여름에 만난 어떤 남자를 사랑하게 되었다고 말할 것이다. 그런 말을 들으면 내가 자기를 더 좋아하게 될 뿐이라는 사실 또한 그 아이는 틀림없이 알고 있을 것이다.

"내가 뭘 좀 가져왔다." 아버지가 부츠의 끈을 매면서 말했다. 나는 너무 가벼운 잠바 주머니에 계속 손을 집어넣은 채로 아버지를 미워하는 척했다. 실제로도 미웠다.

"좋네요." 우리 둘 사이의 이상한 분위기가 나를 찔러 댔다.

아버지가 문을 열자 숲속 같은 가을 풍경이 펼쳐졌다. 거기 진입로에 밤색 중고 닷지 인트레피드 자동차가 서 있었다. 여기저기 우그러진 자국이 있는 사각형 차였다.

아버지는 옛날에 그 엔진 모형을 들고 집에 왔을 때처럼, 나를 위해 특별한 선물을 골라서 열쇠를 넘겨줄 때처럼 웃음을 지었다.

"진짜예요?" 내가 묻자 아버지가 고개를 끄덕였다. 한순간 모든 것이 달라질 수 있겠다는 생각이 들었다.

엄마가 문을 열고, 팔짱을 낀 자세로 나왔다. 두 사람이 나를 바라보는 모습에 나는 갑자기 피곤해졌다. 바닥의 자갈이 내 신발 밑창을 파고들고, 이파리들은 자동차 바퀴에 으깨졌다. 그 자동차로는 아무것도 보상할 수 없을 것 같았다.

나는 조수석에 가방을 던져 넣은 뒤 운전석에 앉았다. "고마워요." 이런 것쯤 아무것도 아니라는 말투로 말했다.

"보험료랑 기름값은 네가 맡으면 되겠구나 했어." 아버지의 말투가 소심하게 들려서 나는 너무 화가 난 나머지 어이없게 솟아나온 눈물을 없애 버리려고 눈을 깜박거렸다.

"마음에 드니?" 엄마가 문간에서 말했다. 엄마가 나를 위해 원하던 평범한 생활을 이렇게 마련해 주는 것이 나를 사랑하는 엄마의 방식임을 나는 알 수 있었다.

"네." 나는 라디오 다이얼을 만지면서 말했다.

"잘됐다." 엄마가 말했다. 나는 당연히 "고마워요, 엄마."라고 소리쳤다. 진심에서 우러나온 말이었다.

"운전 조심해." 엄마는 조용히 이렇게 말하고 나서 문을 닫았다.

이제 아빠와 나만 남았다. 아빠의 얼굴에는 구겨진 희망 같은 것이 남아 있었다. 나는 슬픔, 반감, 애정 속에서 팔랑개비처럼 돌다가 결국 차의 기어를 후진으로 넣고 조수석 뒤편에 한 팔을 걸친 채 뒤를 돌아보았다.

"잠깐." 아빠가 말했다.

이런 걸 보면 내 모습이 생각나.

한참 침묵이 흘렀다. "가끔 한 번씩은 고급 기름을 넣어 줘야 해." 아빠가 말했다. "그러니까, 주로 싸구려 기름을 넣더라도 말이야. 그래야 엔진이 부드럽게 돌아가지." 아빠는 콜록콜록 기침을 한 뒤 개한테 하듯이 자동차를 툭툭 두드렸다.

아빠가 평생 내게 해 준 조언은 이것이 유일했다.

나는 다음에 이어질 아빠의 말을 듣지 않으려고 클래식 록 음악의 볼륨을 높였다. "나중에 봐요." 나는 부드러운 담뱃갑에서 담배 한 개피를 꺼내 입에 물고, 자유로운 한 손으로 불을 붙이며 말했다. 아빠에게 한 번 더 아버지처럼 굴어 보라고 기회를 주기 위해서였다. 아빠

131

가 한 번 더 "잠깐"이라고 말해 주기를 바라는 마음이 무엇보다 간절
했다.

25.

겨울은 매서웠다. 안개가 일찌감치 밀려오고, 빗물은 청바지 안까지 스며들었다. 나는 직업 상담원 일을 마치고 집까지 걸어왔다. 사실 자격을 갖추지도 못했고, 내게 잘 맞지도 않는 일이었다. 나는 상담을 받으러 오는 고객들이 항상 걱정스러웠다. 딸 없이 혼자 노숙자 숙소에 있는 타냐와 얼마 전 슈퍼마켓에서 해고되고 학교에도 나가지 않는 로런스가 머릿속에서 떠나지 않았다. 오후에는 후줄근한 옷차림의 고등학생들, 읽고 쓸 줄 모르는 아이들, 부모가 대학에 보내지 않으려고 하는 아이들, 아버지가 돌아가신 아이들, 곧 아버지가 되는 아이들에게 시달렸다.

나는 건물에서 걸어 나왔다. 허긴스가 징훙 강을 총으로 쏜 자리에서 세 블록 떨어진 곳이었다. 물리학 학위를 갖고 있고, 세 아이의 아버지이며, 교회에 다니던 징훙 강은 소박한 사람이었다. 그의 아내는 남편의 양복이 단 한 벌밖에 없었다고 《워싱턴포스트》 기자에게 말했다. 못 고치는 물건이 없었다는 말도 했다. 남자 중의 남자고, 가정적인 남자였다.

나는 차갑게 얼어 가는 발을 내버려 둔 채, 양손을 주머니에 깊숙이 찔러 넣었다. 허리가 굽은 할머니들이 버스를 기다리고, 날씨에 비해 지나치게 무거운 겉옷을 걸친 십 대들은 소란을 피우고, 마약 때문에 절룩거리는 수상쩍은 남자들은 안개처럼 내리는 비를 알아차리지 못했지만, 값비싼 노스페이스 겉옷을 걸친 남자들의 몸은 조금도 젖지 않았다.

나는 그들 모두를 지나치면서 다음 주로 예정된 허긴스의 재판 날짜를 생각했다. 방청하러 가고 싶었지만, 그 이유를 잘 알 수 없었다. "꼭 가야 할 것 같은 거지." 파커가 특유의 대수롭지 않은 말투로 말했다. "그럼 가."

나는 후드 티를 입은 남자들, 더러운 청바지를 입은 남자들, 양복을 입은 남자들, 이가 빠진 남자들, 치아가 완벽한 남자들을 지나 걸었다. 테스토스테론을 맞으면 예전과는 다른 유전자가 켜진다는 말을 읽은 적이 있었다. 몸에 털이 얼마나 자랄지 결정하는 유전자, 근육량을 결정하는 유전자.

나는 한 무리의 소년들이 교차로 근처의 인도에서 장난스레 서로를 밀치는 모습을 지켜보았다. 도로와 너무 가까웠다. 자동차들이 어린 왕 같은 그들을 둥글게 에둘러 갔다. 그러다 결국 한 소년이 차와 부딪힐 뻔하는 바람에 그들은 어쩔 수 없이 장난을 그만뒀다. 그들이 아주 짧은 순간이나마 자기 몸의 한계를 깨달았다는 것을 알 수 있었다.

남자들이란. 우리를 규정하는 것은 우리 사이에 놓인 경계선뿐이었다. 나 자신을 찾으려면 로이를 찾아야 했다.

◆

생각보다 쉬웠다. 구글로 검색해 보니 오리건주 벤드의 톰슨건설 회사라는 곳의 웹사이트에 로이가 부사장으로 기재되어 있었다. 그가 바로 내가 찾는 로이 루이스임을 나는 의심하지 않았다. 내가 어렸을 때부터 그는 건설 일을 했으니까. 선생님들이 나더러 커서 무엇이 되고 싶으냐고 물으면 나는 기술자가 되겠다고 대답하곤 했다.

나는 웹사이트의 표어를 살펴보았다. "정확, 신뢰, 능률."

파커가 칵테일 한 잔을 만들어서 들고, 부엌 문간에서 나를 지켜보았다. 온몸이 역광을 받고 있어 빛 속의 실루엣처럼 보였다. 마지막으로 폭발하는 석양빛 덕분에 그녀의 머리카락이 금색을 띠다 못해 거의 하얗게 변해서 유령이나 천사 같았다.

"너 천사 같아." 내가 말했다. 눈을 아무리 가늘게 떠도 빛 때문에 파커의 표정을 알아볼 수 없었지만, 그녀가 자기도 모르게 미소를 짓고 있다는 것을 알 수 있었다.

"아, 진짜. 뭐 해?"

"로이한테 편지 써." 나는 최대한 무심한 목소리를 냈다. 나는 헝클어진 꼴을 하고 있었다. 머리카락도 좀 제멋대로 뻗어 있었다. 파커가 다가오는 어둠보다 앞서 불을 켜고는 문간으로 돌아가 감탄사가 나올 만큼 무심한 태도로 나를 유심히 살펴보았다. "그렇구나."

나는 텅 빈 이메일 화면 앞에 불편하게 앉아 있었다. 남자들이 착할 수 있다고 파커가 마음 깊이 믿는지 궁금했다. 하지만 사우스캐롤라이나에 갈 때처럼 말로 표현할 수는 없어도 내가 파커에게 대놓고 물어볼 수 없다는 것을 알았다.

"그래서…." 나는 질문 대신 농담을 던졌다. "아동 성 학대범한테 최고의 인사말이 뭘까?"

파커는 이렇다 할 감정이 없이 웃음을 터뜨렸다. "할 거면 최고로 해야지. '당신은 내가 여자라서 괴롭힌 건가? 난 스스로 남자라고 생각하는데, 당신이 얼마나 영향을 미쳐서 이렇게 된 건지 모르겠어.'"

나는 멍청하게 그녀를 바라보았다. "그 일을 알고 있었어?"

파커는 잔을 내려놓았다. "네가 그렇게 섬세한 편은 아니라서."

"로이는 여자들을 싫어했던 걸까?" 나도 모르게 이 말을 내뱉을 때까지 나는 이런 이론이 존재한다는 사실조차 모르고 있었다. "로이가 여자들을 미워해서 내가 나 자신을 미워한 건가?"

다시 얼어붙는 순간이 왔다. 허긴스가 나더러 도망치라고 말하기 직전의 순간처럼, 이야기를 바꾸는 데 필요한 것이 처음부터 내 몸 안에 있었음을 깨닫기 직전이었다.

"헤이." 파커가 내게 다가오며 말했다. 건방지게 말대꾸를 하는 것 같은 어조가 싹 빠져나간 목소리였다. "너의 성별은 처음부터 변한 적이 없어, 알겠어? 네가 무슨 일을 당해서 그렇게 된 게 아니라, 넌 처음부터 이런 사람이었어."

"알아."

파커가 몸을 숙여 한 팔로 나를 감싸고는, 내 어깨에 고개를 기댔다. 뺨에 닿는 그녀의 숨결에서 살짝 술 냄새가 났다. "하지만 네가 그걸 진심으로 믿었다면, 지금 이런 소리를 하지도 않았겠지."

"너 없이 내가 어찌 살까."

파커는 어깨를 으쓱하고는 내 옆에 앉았다. "내가 없어도 넌 지금이랑 별로 다르지 않을걸."

"아닐걸."

파커가 빙긋 웃었다. 나는 우리 둘의 생각이 모두 옳다는 것을 깨달았다. "이건 어때? '안녕하세요? 친자 검사 한번 할까요?'"

희미한 슬픔이 나를 훑고 지나갔다. 나는 내게 상담을 받으러 온 소년을 생각했다. 이제 곧 아빠가 될 소년. 아이가 딸이라는 소리에 그는 얼마나 기뻐했던가.

"안녕하세요, 로이." 나는 이렇게 썼다. 이제는 '아빠'라는 호칭을 고집하고 싶지 않았다. 설사 그가 내 혈연으로 판명된다 해도, 나는 이제 그가 내 아버지라고 거짓말을 늘어놓을 생각이 없었다.

26.

경비원이 3층 법정 앞의 습한 현관홀에 우리를 붙들어 두었다. 짧게 깎은 머리와 질척질척한 얼굴 때문에 멍청하고 명랑한 운동선수처럼 보이는 그가 내 눈에는 거슬렸지만, 다른 사람들은 모두 불안하게 꼼지락거리며 그가 있는 쪽을 멍하니 바라보았다. 선심을 쓰는 듯한 그의 태도를 참아 넘기면서 그가 움직이기를 기다리는 중이었다. "수감자들에게 손짓하면 안 됩니다." 그가 말했다. "어떤 식으로든 의사소통을 시도하지 마세요."

그가 우리의 얼굴을 훑어보았다. "여러분이 자기들 때문에 왔다는 걸 그쪽에서도 알고 있습니다." 그가 얼추 부드럽게 들리는 말투로 이렇게 말하고는, 마침내 문을 열었다.

죄수들은 짤막한 나무 칸막이 뒤의 단 위에 족쇄를 차고 줄지어 서 있었다. 부활절 달걀 색깔의 밝은 죄수복을 입고 구부정하게 서 있는 사람들이 10여 명쯤 되었다. 우리는 교회 신도석 같은 긴 나무 의자에 앉았다. 경비원이 지켜보고 있는데도 사람들이 어떻게든 새겨

놓은 이름 첫 글자와 각종 메시지가 빼곡했다.

티셔츠를 풀어 줘

R+L 영원히

열심히 돌아가고 있는 히터 때문에 창문에는 물방울이 맺혔고, 법정 안에는 원초적인 슬픔의 무시무시하고 날선 에너지가 떠돌아다녔다. 나는 텅 빈 얼굴로 슬픈 표정을 짓고 있는 내 옆의 부부가 아니라 죄수들에게 신경을 집중하려고 애썼다.

법정에서 사람들이 늘어놓는 이야기의 줄거리는 대략 두 가지라고 한다. 이방인이 낯선 도시로 오는 이야기와 누군가가 여행길에 오르는 이야기. 나는 그날 밤 큰아버지 존의 집에서 있었던 일들을 생각했다. 그때나 지금이나 나는 이방인, 즉 잠재적인 악당으로 보일 수 있는 위치였다. 내게 상담을 받으러 온 사람들 중, 바로 얼마 전 사촌이 시내에서 총에 맞았다던 사람이 떠올랐다. 지금 우리 앞에서 의자에 등을 기대고 앉아, 젖살과 입술을 푸들푸들 떨면서도 무섭지 않은 척하고 있는 저 녀석이 어쩌면 그날 총을 쏜 범인일 수도 있었다.

파커와 나는 뉴스에서 허긴스의 머그샷을 보고 제보용 전화번호로 전화를 걸었다. 그러나 나는 누구든 사람을 감옥에 보내고 싶지 않다는 사실을 깨달았다. 그리고 나니 갑자기 안도감이 밀려왔다. 내가 보기에 정의는 복수와 아주 비슷한 것 같았다. 나는 로이가 문도 없이 변기만 덜렁 놓여 있는 감방의 시멘트 바닥에서 윗몸일으키기를 하는 모습을 상상해 보았다. 내가 아홉 살 때 그에게 복수하는 길을 택하지 않아서 다행이라는 생각이 처음으로 들었다.

판사를 기다리는 동안 나는 조지 허긴스의 여자 친구이자 공범 용의자인 앨시아 하우즐리를 발견했다. 우리가 허긴스에게 강도를 당하는 자리에는 그녀가 없었지만, 혹시 그녀 때문에 허긴스가 나를 놓아주게 된 것이 아닌가, 그가 내게 베푼 자비의 근원이 그녀가 아닌가 하는 생각을 떨쳐 버릴 수 없었다. 이상하게 쾌활한 파스텔색 옷을 입은 그녀는 지저분하고 몹시 슬퍼 보였다. 나는 화질이 좋지 않은 CCTV 화면으로 두 사람을 본 적이 있었다. 오클랜드 시내에서 비탈에 쓰러져 죽어 가는 강을 내버려 둔 채 기운차게 그 자리를 떠나는 모습이었다. 그녀의 얼굴은 선명히 보였지만, 허긴스의 얼굴은 그 다스 베이더 후드로 가려져 있었다.

두 사람의 이야기가 온통 뉴스를 차지하고 있을 때는 하우즐리의 잔뜩 억눌린 듯한 모습이 마음에 걸렸다. 그런데 지금 눈으로 직접 본 그녀의 모습이 그때와 똑같아서 놀라웠다. 입술을 축 늘어뜨리고 웅크린 모습이었다. 이름 모를 반백의 남자들, 법정을 향해 어색하게 웃고 있는 십 대, 내가 이제야 얼굴을 알아본 조지 허긴스 사이에서 그녀의 모습이 유독 도드라졌다.

커다란 후드를 쓰지 않은 허긴스는 내 기억보다 키가 작았다. 체포 기록에 따르면 키가 175센티미터, 몸무게가 86킬로그램이었다. "키가 커요. 진짜 커요." 그날 밤 나는 경찰관에게 이렇게 말했다. "엄청 커요." 하지만 사실 그는 나보다 아주 조금 더 클 뿐이었다. 나는 그와 싸우는 상상을 해 보았다. 그의 몸에 주먹을 먹여 움직이지 못하게 만든 뒤, 수염이 삐죽삐죽 난 턱에 라이트훅을 제대로 넣는 상상.

그는 변호사의 귓속말을 무시하며 똑바로 앞만 바라보았다. 변호사는 그에게 귓속말을 하려고 옆에서 그를 따라 몸을 움직여 댔다. 나는 그가 나를 알아보기를 기다렸지만, 그런 순간은 오지 않았다. 그래서 법정 벽에 걸린 거대한 미국 국기를 빤히 바라보며 거기에 그려진 별을 헤아리고, 배 속 깊은 곳까지 숨을 들이쉬려고 애썼다.

심장박동이 점점 고통스러울 정도로 커지면서 겁에 질린 내 시야가 구석에서부터 둥글게 말리기 시작했다. 마치 심장이 도망치려는 것 같았다. 내가 따라가든 말든 상관없이.

도망치지 마. 나는 다시 허긴스에게 시선을 돌렸다. 날 유령처럼 괴롭히던 존재지만, 그저 인간일 뿐이었다. 그와 눈이 마주치는 순간 우리는 사슴과 사냥꾼이 되었다. 어느 쪽이 사슴이고 어느 쪽이 사냥꾼인지는 알 수 없었다. 다만 내가 또 그의 시선에 꼼짝도 못 하게 되었음을 느낄 뿐이었다. 심장이 시끄럽게 난동을 부리고, 머릿속은 솜처럼 변하고, 주변에서 들려오는 새된 목소리와 기침 소리와 웅성거리는 소리가 모두 하나하나 분리되어 마침내 법정이 살아난 것 같았다. 우리는 움직이지 않았다. 나는 그러고 싶지 않았다. 시선을 돌리고 싶지 않았다.

27.

피츠버그

1990년, 9세

경찰관이 다녀가고 얼마 되지 않아, 나는 누워 있는 엄마 옆의 이불 위로 기어 올라갔다. 이제는 많이 커서 그런 짓을 하면 안 되지만, 해가 지면서 나는 뱃멀미를 하는 것 같은 상태가 되었다. 사라진 그 몇 시간 동안 무슨 일이 있었는지 몰라도 그때의 기억이 완전히 사라진 것도 아니고 정확히 남은 것도 아니었다. 그 지워진 기억에 나는 미칠 것 같았다.

"엄마?" 내가 부르자 엄마가 한 팔을 내 몸에 두르고 나를 가까이 끌어당겼다. 그렇게 한동안 조용히 있다 보니 엄마가 잠들었는지 궁금해졌다.

"너의 황금 고갱이는 바로 여기 중심점에 있어." 엄마가 돌아누워서 내 심장에 손을 갖다 대며 갑자기 말했다. "느껴지니?"

나는 엄마를 빤히 바라보았다. 엄마에게서 치약 냄새가 나고, 엄마의 머리카락이 내 이마를 간질였다.

"너의 중심점은 완벽해. 알겠니? 아무도 그걸 건드릴 수 없고, 너

142

한테서 빼앗아 갈 수도 없어."

엄마가 손가락으로 가리킨 지점에 차가운 물방울이 떨어진 것 같았다. 동굴 벽을 타고 물이 흘러내릴 때처럼. 거기에 황금이 있는 것 같지 않았지만, 솔직히 말하기가 무서웠다.

"절대 잊지 마." 엄마가 말했다. "알았지?"

나는 엄마의 심장 소리, 배에서 나는 꾸르륵 소리를 들으며 고개를 끄덕였다. 엄마는 그 자리를 표시하려는 듯이 내 명치를 눌렀다. 내가 직접 뼈를 누르자 압박이 누그러졌다. 달콤한 고통이었다.

나는 희망을 품고 그 아픈 자리를 다시 눌렀다.

"알았지?"

엄마는 무서워하고 있었다. 엄마가 교감실로 불려간 나를 데리러 올 때마다 나는 엄마의 불안을 느낄 수 있었다. 내가 말대꾸를 하거나 기분대로 행동한 것에 대해 엄마는 나를 한 번도 벌하지 않았지만, 그때마다 나는 기분이 더욱 나빠지기만 할 뿐이었다.

엄마가 등을 문질러 주는 동안 배 속에서는 절망이 출렁거렸다. 내 안에 뭔가 정체를 알 수 없는 것이 있음을 알고 있었다. 엄마가 가리킨 바로 그 지점에 난 구멍. 늙은 노숙자들과 흐느끼는 엄마들을 위한 무한한 공간. 내게서 떨어져 나간 자아, 내게 원래부터 존재하던 것처럼 느껴지는 연약한 부분.

하지만 다른 한편으로는 광견병에 걸린 동물처럼 내가 무슨 병에 감염된 건가 하는 걱정이 들었다. 그가 내 안에 무엇을 심어 놓았는지는 알 수 없지만, 그것이 공격에 나설 준비가 되면 내가 어느 날 죽은 눈을 하고 깨어날 것 같았다.

　"알았어요." 나는 이렇게 대답했지만 진심은 아니었다.

　"황금처럼 찬란해." 엄마가 다시 말했다. 강하고 또렷한 목소리였다. 그 뒤로 20년 동안 내가 나 자신과 싸우게 될 것임을 그때 이미 느낀 것처럼. 모든 것이 결국 관점의 문제임을 내가 깨달을 때가 오리라는 것을 엄마는 이미 아는 것처럼.

28.

2010년 11월, 29세

나는 숨을 죽이고, 나를 지켜보는 허긴스를 지켜보았다. 전에도 그랬던 것처럼 내 몸이 자꾸만 위로 떠오르는 것 같았다. 도망쳐. 속으로 이런 생각이 들었지만, 이 자리를 뜰 수는 없었다. 그때 뛰어서 도망친 덕분에 지금 이 순간이 왔다 해도, 이제는 꼼짝도 않고 가만히 있거나 이 자리에서 사라질 필요가 없었다.

누군가가 코를 훌쩍거리고, 또 다른 누군가는 몸을 꼼지락거리는 바람에 의자가 삐걱거렸다. 내 뒤에서는 동전이 짤랑 하고 떨어졌다.

도망치지 마.

내 가슴에 딱 달라붙은 셔츠 천이 느껴졌다. 그다음에는 서늘한 목, 그다음에는 축축한 겨드랑이. 불안하게 움찔거리는 오른쪽 눈꺼풀, 웅크린 어깨, 신발 속에 눌린 발가락, 이 모든 느낌이 내가 살아 있음을 증명해 주었다.

훅 하는 소리와 함께, 내 귀에 다시 웅성거리는 소리가 들리기 시작했다. 허긴스의 턱, 밤색 눈, 살짝 누르스름하게 반짝이는 치아에

145

초점을 맞추자, 내 호흡이 점차 안정되었다. 내가 손가락으로 그의 목을 누르는 모습이 눈에 보이는 듯했지만, 그의 몸 또한 내 몸과 마찬가지로 사랑받을 자격이 있었다. 그와 로이는 나와 다를 것이 없는 사람이었다. 우리가 모두 괴물이라는 뜻이 아니라, 우리가 겪은 최악의 일들보다 더 나은 사람이 될 기회가 있다는 뜻이다.

법원의 지붕을 뚫고 빛의 속도로 계속 올라간다면 여기서 사라질 수 있을 것이다. 혹시 그곳이 천국일까? 건조하고 더운 그 법정에서, 나는 우리가 죽은 뒤 은총처럼 얻게 되는 시야를 은유하는 말이 바로 천국인 것 같다는 생각이 들었다.

"개정합니다." 법정 경비가 선언했다. 자신을 빤히 바라보는 사람들의 시선을 아랑곳하지 않는 목소리였다. "모두 기립하십시오." 그가 말했다. 다른 사람들과 동시에 일어서면서 나는 교회를 떠올렸다.

29.

캘리포니아주 오클랜드
2011년 1월, 29세

상담소에서 일하는 중, 얼마 전 아빠가 된 로니가 들어와 자기 여자친구가 남부로 이사 가면서 아기를 데려갔다고 말했다. 눈에는 졸음기가 남아 있고, 밤새 술만 퍼마신 사람처럼 후줄근한 모습이었다. 그는 직장도 잃었다고 했다. 내가 취직할 수 있게 도와준, 에머리빌의 대형 창고형 할인점 일자리였다.

"이제 어쩌죠, 아가씨 선생님?" 나는 움찔하지 않으려고 애썼다. 이런 언어 공격이 갈수록 심하게 느껴진다는 것, 이런 단어를 들으면 내가 홀로그램처럼 흔들린다는 것을 그가 어찌 알까? 매일 밤 침대에 누우면, 내 몸이 나도 모르는 계획을 갖고 있는 것 같다는 기묘한 감각에 시달린다는 사실을 그가 어찌 알까?

로니는 그 아이의 아빠가 아니었다. 어쨌든 나는 그런 것 같다는 생각을 조금씩 하고 있었다. 그의 기록에는 그에게 발달 장애가 있는 것으로 적혀 있었다. 물론 그것으로 확실히 알 수 있는 점은 하나도 없었다. 내게 상담을 받는 사람들 중에는 글을 배운 적이 없어서 특수

147

교육반에 발목이 붙잡힌 사람이 많았다. 하지만 나는 로니가 인터넷으로 입사 지원서를 낼 때와 면접 연습을 할 때 많이 도와줬기 때문에, 그의 생각이 정돈되어 있지 않고 남의 말에 쉽게 넘어간다는 사실을 알고 있었다. 그는 조종하기 쉬웠다. 그래서 지난 몇 달 동안 그가 들려준 이야기가 모두 이상해 보였다. 여자 친구가 바람을 피웠다, 자기를 만나지 않으려고 한다, 아기 아빠가 자기가 아니라고 사람들에게 말하고 다닌다. 그는 이런 이야기를 할 때마다 똑같이 기가 막힌 표정으로 느릿느릿 말했다. 어떻게 이럴 수가 있느냐는 듯 눈이 젖어 있었다.

"나를 완전히 버리고 갔어요." 로니가 말했다. "에리카한테 신경 쓰지 말래요. 왜 그런 소리를 해요?"

"방문권을 얻을 수 있어?"

로니는 고개를 저었다.

"로니." 나는 조심스레 말했다. "네가 아빠인 거 확실해?"

로니는 몹시 놀라고, 몹시 혼란스러운 표정을 지었다. 내가 말을 취소하고 싶어질 정도였다. 이런 질문이 매우 친밀하고 복잡한 영역을 건드린다는 것, 대답이 중요하지 않지만 또 어떤 의미에서는 무엇보다도 중요하다는 것을 나는 누구보다 잘 알고 있었다.

"네." 마침내 로니가 말했다. "그런데 여자 친구가 피검사를 안 하려고 해요. 법원에서는 그게 필요하다는데. 이젠 여자 친구도 가 버렸어요."

나는 위로의 말을 중얼거렸지만, 그 말이 사실이 아니라는 것은 우리 둘 다 알고 있었다. "기저귀 살 돈을 좀 보내고 싶은데." 로니가 소매로 얼굴을 닦으며 말했다.

"그건 내가 도와줄 수 있어." 내가 말했다. 시어스가 사람을 구하는 중이었다. 어쩌면 홈디포에서도 직원을 모집할 가능성이 있었다. "넌 훌륭한 아빠야." 내가 말했다.

로니가 마침내 내게 미소를 지었다. 이가 드러나는 환한 미소였다. 그리고 나서 우리는 일을 시작했다. 로니는 실제로 아빠든 아니든 아빠 노릇을 할 생각이었으니까.

◆

로니가 간 뒤 나는 책상에 한참 동안 앉아 있었다.

로이와 내가 지난달에 입안의 세포를 면봉으로 긁어 보내 주었는데도, 검사를 맡은 회사에서는 아직 아무런 연락이 없었다. 나는 내가 너무 바빠서 결과를 알아보지 못한 거라고 속으로 되뇌곤 했다. 파커와 나는 다시 동부로 이사할 준비를 하는 중이었다. 미래에 대한 환상과 그 환상을 위한 보급 계획, 그러니까 비행기표와 이삿짐 트럭을 구하고 벼룩시장을 찾아다니는 일이 우리의 일상을 모두 차지하고 있었다.

하지만 솔직히 말하자면, 나는 결과를 알고 싶지 않았다. 왠지 이렇게 어중간하게 사는 게 맞는 것 같았다. 로이는 영원히 내 아버지이면서 아닐 수도 있는 존재가 될 것이다. 이런 생각을 하면 묘하게 뭔가 가능성이 있는 듯한 느낌이 들었다. 결과에 따라 로이가 구원받을 수 있을 것 같은 생각.

"희망을 모두 버려." 나는 포스트잇에 이렇게 써서 붙여 놓고는, 난방 파이프 아래에서 종이가 부드럽게 흔들리는 모습을 지켜보았다. 어느 책에서 읽은 구절이었다. 희망이 중요한 것이 아니라는 뜻이었다. 어차피 원하는 일은 일어나거나 일어나지 않거나, 둘 중의 하나라는 것이다. 새로운 현실을 만들어 낼 수는 없었다. 이미 존재하는 현실을 재료로 현실처럼 느껴지는 것을 만들어 낼 수 있을 뿐.

◆

나는 기진맥진한 접수원의 목소리가 수화기 저편에서 다시 들려올 때까지 전화선을 만지작거렸다. 그녀가 워낙 오랫동안 자리를 비웠기 때문에 몇 번이나 그냥 전화를 끊을까 생각했지만 그럴 수 없었다. 인생이 자신에게 무엇을 던져 주든 기꺼이 감내하려는 로니를 방금 본 터라 전화를 끊을 수가 없었다.

"제가 보기에는….." 접수원이 머뭇거렸다. 그 순간 나는 답을 알아차렸다. 나는 아빠와 공놀이를 하다가 엉뚱한 곳으로 튕겨 나간 공을 잡으려는 것처럼 손을 뻗어 이 마지막 순간을 붙잡으려 했다. 공놀이를 한 날은 내가 그를 **아빠**로 생각한 마지막 날이었다.

"시험 결과 그 남자 분이 아버지일 가능성은 배제되었습니다."

시간이 한참 동안 어딘가로 빨려 들어가는 것 같았다. 그 안에서 자동차 타이어 밑에서 밀려나던 자갈, 모형 엔진, 나를 붙잡던 울퉁불퉁한 손이 하나로 합쳐졌고 나는 무슨 말인지 이해했다. "알겠습니다."

나는 창문을 통해 시내 고층 빌딩의 어린 여동생 같은 건물들을 바라보았다. 몇 블록 떨어진 곳의 감시 카메라가 그날 19번가 기차역을 향해 죽음처럼 다가가던 허긴스의 모습을 잡아냈다.

접수원은 내게 공식적인 결과지를 보내 주겠다고 말했지만, 법정에서 사용할 수 있는 시험 결과를 원한다면 내가 직접 시설로 와서 다시 검사를 받아야 한다고 알려 주었다. 순간적으로 이성을 잃은 나는, 어쩌면 로이가 자기 대신 다른 사람의 세포를 채취해서 보낸 건지도 모른다는 생각을 했다.

"이 결과가 얼마나 정확한가요?" 내가 마침내 물었다. 접수원의 횡설수설을 이렇게 끊을 수 있을 것 같았다.

"99.99퍼센트 정확해요." 그녀가 확실히 자부심이 넘치는 목소리로 말했다. 그러고는 연민 어린 목소리로 어색하게 말을 이었다. "달리 필요하신 것이 있나요?"

생각해 보면 사람이 죽고 태어나는 것은 정말로 임의적으로 결정된다.

나는 없다고 말했다. 더 필요한 것이 없다고.

◆

사무실은 비어 있었다. 저 아래에서 사람들이 우산을 펴거나 후드를 쓰고 끈을 단단히 조이는 모습이 보였다. 나는 창밖으로 뭔가를 던지고 싶고, 점점 어두워지는 거리로 뛰어나가고 싶은 충동을 억눌렀다. 힘들게 재킷을 입고, 직원용 엘리베이터로 내려갔다. 마치 자석에 끌린 듯이 나는 커피숍과 화랑, 약국과 패스트푸드 음식점, 이민 전문 법률사무소, 보석금 채권과 수표 환전소를 지나 웹스터의 19번째 블록에 다다랐다.

여기 치과 맞은편에서 징훙 강이 피를 너무 많이 흘려 목숨을 잃었다. 어쩌면 강 대신 내가 그렇게 죽을 수도 있었다. 나는 포석의 질감을 살펴보았다. 모래알을 박아 놓은 것 같은 표면을 손가락으로 문질러 보았다. 핏자국이 있나 싶어서 단단하게 굳은 껌과 병뚜껑 사이 바닥에 무릎을 꿇고 가만히 있었다. 대기실 창문으로 어떤 아이가 고개를 내밀고 나를 볼 때까지.

나는 일어섰다. 무릎이 조금 욱신거렸다. 손가락으로 가슴의 아픈 부위를 만져 보았다. 마치 멍울처럼 만져지는 것을 한 번씩 밀 때마다 슬픔이 반짝였다. 나는 호숫가를 따라 걷다가 식품점 앞, 신축 콘도, 극장, 빨래방을 지나 계속 걸으면서 그 멍울을 밀어 댔다. 자유처럼 신비롭고 자연스러운 빛, 따스한 빛이 내 몸을 가득 채운 느낌이 들 때까지 그 멍울을 밀어 댔다.

IV
통과의례

30.

흰 수염을 기른 트레이너 마이크의 지도로 나는 역기 드는 법을 제대로 배웠다. 마이크는 픽업트럭과 엽총을 갖고 있었고, 아무래도 내 성별이 뭔지에 대해서는 별 생각이 없는 것 같았다. 그는 나를 "형씨"라고도 "아가씨"라고도 부르지 않았다.

그는 무뚝뚝하지만 철학적인 사람이었다. 내가 강도를 당한 이야기를 하자, 자기가 사람을 상대로 총을 뽑아 본 적이 한 번 있다고 말했다. 그의 차를 강탈하려 했던 놈인데, 마이크는 손에 12구경 총을 들고 있으면서도 상대의 엽총 앞에서 무릎에 힘이 풀렸다. "내가 아주 작아진 느낌이었어." 그가 말했다. 그가 난생처음 총을 뽑았기 때문에 그런 기분이 들었다는 건지, 아니면 상대의 총 때문에 그런 기분이 들었다는 건지는 알 수 없었다. 어쩌면 둘 다일 수도 있었다.

"이제는 강해진 것 같나?" 내가 내 몸무게의 두 배나 되는 역기를 들어 올리는 것을 지켜보면서 마이크가 활짝 웃었다. "크게 될 녀석이야."

155

마이크는 정말로 거친 삼촌 같았다. 생존 전문가와 근육 바보가 반씩 섞여 있었다. "단백질을 먹어!" 내가 운동을 마치고 나갈 때마다 그는 내게 이렇게 소리쳤다. "하루에 달걀 한 개씩만 먹으면 온몸이 근육이 될 거야."

나는 가슴이 더 넓어지고 팔근육도 더 커졌으면 좋겠다고 말했지만, 마이크는 코어 근육에 초점을 맞췄다. "자네는 팔근육이 너무 길어." 그가 유감스럽다는 듯이 말했다. "남자가 아닌 이상, 가슴근육을 키우기는 정말 힘들지." 그는 이 말을 하면서 예의 바르게 시선을 피했다. "하지만 코어 근육은 괜찮아. 어차피 힘도 거기서 나오는 거고."

마이크는 어깨를 이용해서 잽을 먹이는 법을 내게 보여 주었다. "느껴져?" 땀 냄새 나는 체육관에서 그가 내 몸통을 콕콕 찌르며 물었다. 우리는 거울 앞에 서 있었다. 곰팡내 나는 이 지하 공간으로 로크리지 거리의 빛이 마구 쏟아져 들어왔다.

엄마 생각이 저절로 났다. 내 명치 아래가 부드럽다는 사실도 생각났다. 내가 친자 검사 이후에 보낸 편지를 엄마가 읽고 있는 모습이 눈에 보이는 듯했다. 충격을 가라앉히기 위해 소다수를 섞은 스카치위스키를 마시면서 울고 있을 것이다. 보는 사람이 전혀 없는데도 창피해하면서. 나는 편지에 그저 진실을 알고 싶을 뿐이라고 썼다. 하지만 이 말이 진실인지 나도 잘 알 수 없었다.

엄마가 미안해하는 건 원하지 않았다. 안 그래도 엄마는 항상 나한테 미안하다고 했다. 그 얘기도 편지에 썼다. 나는 새로 시작하고 싶었다. 하지만 엄마에게서 답장이 오지 않을 것 같아 걱정이었다. 엄마에게는 자신이 오랫동안 주장하던 이야기가 내 진실한 정체보다 더 중요할지도 모른다고 생각하면 화가 나서 배 속이 꼬이는 것 같았다.

그 생각만 해도 턱에 힘이 들어갔다. "어이, 이봐, 집중해." 마이크가 지시했다.

나는 주먹을 내질렀다. 마이크가 앞으로 뻗은 손을 때린 내 주먹이 아팠는지, 그가 움찔했다.

"봤지? 모두 코어 근육이야. 누가 다른 말을 해도 넘어가지 마." 마이크는 이렇게 말하고 나서 나더러 샌드백 옆에서 윗몸일으키기를 하라고 말했다. 나는 산처럼 솟은 내 다리 위로 올라오는 내 얼굴을 거울로 지켜보았다. 월석처럼 낯설었다.

나는 눈을 감고 복근이 나를 에워싼 요새처럼 단단해져서 밧줄처럼 내 몸을 잡아당기는 것에 주의를 집중하려고 했다. "먼저 근육이 찢어지게 해야 돼." 마이크가 말했다. "그러면 근육이 재생되면서 훨씬 더 강해지지."

나는 픽업트럭의 머리 받침대 뒤에서 엽총을 꺼내 드는 마이크의 모습을 머릿속에서 떨쳐 버릴 수 없었다. 그는 바지에 오줌을 지릴 것 같았다고 말했지만, 그래도 열린 창문 안쪽으로 손을 뻗은 남자에게 총을 겨눴다. 그러고는 상대방이 미처 반응하기도 전에 냅다 주차장을 빠져나왔다.

"어쩌면 총을 꺼내지 않는 편이 나았을지도 모르지." 마이크가 회상에 잠긴 얼굴로 말했다. 그가 처음 이 이야기를 해 준 뒤 몇 주 동안 계속 이런 대화가 이어지고 있었다. 마이크는 서서 나를 내려다보며,

고작 40파운드짜리 역기를 드는 나를 도와주었다. 그가 왜 그 이야기를 계속 꺼내는지 알 수 없었다. 어쩌면 그와 나의 체격 차이를 의식한 때문일 수도 있었다. 마이크는 키가 나보다 15센티미터 더 크고, 몸무게는 68킬로그램이나 더 나갔다. "그래도 살았으니 부끄러워할 필요 없지."

나는 로이의 손 아래에서, 허긴스의 총 앞에서 꼼짝도 못 하고 얼어 있을 때의 기분을 떠올렸다. 내 몸속에서 점점 커지는 코어 근육 속의 그것, 내게 필요한 그것을 생각했다.

"그런 상황에서 사람이 죽는 건 두려움 때문이 아니야. 두려움으로 인해 하는 행동 때문이지." 마이크가 말했다.

31.

멕시코 툴룸

2011년 2월, 30세

줄무늬 옷에 선글라스를 쓰고 비행기에 오른 파커는 몹시 매력적이어서 나도 좀 차려 입을걸 하는 생각이 들었다. "유적지에 들렀다가 바다에 가자. 시내는 내일 구경하고." 파커가 말했다. "아니면, 뭐, 그냥 바다만 가도 돼." 그녀는 창밖 풍경에 정신이 팔려서 의자에 등을 기댔다. "저기 바다 좀 봐." 파커의 명령에 나는 그녀와 함께 저 아래 보이는 섬세한 파란 바다를 지켜보았다.

"넌 토네이도 같아." 내가 후렴구처럼 늘 하는 말을 하자 파커는 웃음을 터뜨렸다.

나는 수영복 때문에 얼마나 고민했는지 파커에게 말하지 않았다. 나는 커다란 근심을 지닌 허수아비였다. 밤늦게 테스토스테론에 대해 몰래 조사하는 생활이 일종의 정점에 이르렀고, 그다음에는 로이 문제도 있었다. 그는 우리가 동쪽으로 이사하기 전에 얼마든지 나를 만날 용의가 있다는 답장을 보내왔다. 내가 서해안을 완전히 떠나기 전, 오클랜드를 떠나 차를 몰고 북쪽 오리건으로 가서 그를 만날 수 있다는 얘기였다. "네가 궁금해하는 것들을 전부 대답해 주마." 그는 편지에 이렇게 썼다.

그건 두고 봐야죠. 나는 속으로 생각했다. 우리가 이미 잃어버린 부분 속에 살고 있는 어떤 질문들은 아무리 벽을 세워 붙잡아 두려고 해도 제 몸으로 세게 그 벽을 두드려 댄다.

나는 비행기 안에 비치된 잡지를 읽으면서 로이나 내 가슴에 대해 생각하지 않으려고 했다. 이 둘이 서로 연결되어 있는 것 같았다. 현실 속에서 로이와 대면하지 않으면 내 몸을 남성화시킬 수 없을 것 같았다. 그동안 거울 속의 내 쌍둥이 남자는 점점 더 선명해졌고, 그보다 부드러운 지금의 내 얼굴은 점점 흐릿해졌다. 어느 쪽 몸이 유령인지 나는 알고 있었다.

파커가 나를 향해 미소를 지었다. 송곳니가 귀여웠다. 그녀에게 말해야 한다는 것을 알고 있었다. 설사 그녀가 내 곁에 함께 있겠다고 말하더라도 나를 진정으로 이해할 수는 없을 것이다. 나보다 더 잘 이해할 수는 없을 것이다.

우리는 진토닉을 한 잔씩 더 마시고 발아래 반짝이는 바다를 구경했다. 나는 오로지 이 순간만 생각하려고 했다. 모든 것 위에 떠 있는 이 완벽한 순간을.

◆

"결혼하셨습니까?" 직원이 물었다. 능글맞게 웃고 있는 그의 얼굴은 소년 같고, 입술 주위는 조금 비열해 보였다. 나는 엄격한 시선으로 그를 보았다.

"네." 파커가 예의를 지키면서 동시에 경고하듯이 대답했다.

"그렇군요. 확인차 여쭤 봤습니다." 직원은 거의 비웃듯이 과장된 동작으로 내게 열쇠를 넘겨주었다. "그럼 신혼여행을 오신 건가요?"

"네." 내가 말했다. "여기 신혼여행을 온 사람이 우리가 처음이기라도 한 겁니까?"

직원은 입을 꾹 다물었다. 나중에 바닷가로 나갔을 때, 그가 우리에게 마르가리타를 가져다주고 자리도 잡아 주었다. 우리는 한가롭게 모기를 잡으면서 마리아치 악단의 음악을 들었다. 우리가 지나갈 때 그 직원이 웨이터들과 킥킥거리는 소리가 들렸지만 무시했다. 세계 어디서나 들을 수 있는 잔인한 울림이 가득한 목소리로 "부에나스 노체스(Buenas noches, 스페인어로 '안녕히 주무세요'-옮긴이), 아가씨들"이라고 중얼거리는 소리도 무시했다.

파커와 나는 화려한 리조트 시설을 즐기며 바닷가에서 한가로운 일주일을 보냈다. 바나나 해먹에 자리 잡은 남자 동성애자들은 우리에게 전혀 신경을 쓰지 않았다. 내가 셔츠를 입든 말든 자유였다. 내 생일에 우리는 스쿠버다이빙을 해서 산호가 가득 자라 바닷물에 흔들리고 있는 수중 동굴로 들어갔다. 수중 마스크에서 기계적인 흡착음과 쉿쉿 소리가 나며 물속에서 숨을 쉰다는 게 느껴졌다. 그 감각 때문에 우리는 둘 다 겁을 먹고 하마터면 그냥 돌아 나올 뻔했다.

"꼭 해내야 돼." 내가 파커에게 말했다. 그리고 실제로 해냈다.

"갑시다." 우리가 겁에 질려서 남들보다 연습을 조금 더 한 뒤에 강사가 말했다. 그는 따라오든지 말든지 마음대로 하라는 듯 혼자 몸을 돌려 움직였다. 어린 창꼬치와 흰동가리가 옆을 지나가고, 햇빛 기둥들이 보였다. 우리가 숨 쉬는 공기는 압축되어 있지만 부드러웠고, 우리 몸은 약하지만 모든 세포들이 들떠 있었다.

다이빙을 마친 뒤 우리는 오두막 맞은편에서 갈매기들이 먹이를 먹는 모습을 지켜보았다. 녀석들은 폭탄처럼 물속으로 쌩 들어갔다가 기적처럼 물고기를 물고 다시 나타났다. 우리는 스쿠터 한 대를 빌려 모기떼 사이를 돌아다녔다. 하늘에서 별들이 선명하게 빛났다.

나는 초가지붕 아래에서 침대에 누워 아무것도 변하지 않을 것이라고 생각하려 했지만, 머릿속에 그려지는 것이 없었다.

내 몸에는 미래가 없었다. 이런 생각을 하니 머리가 어지럽고, 공기가 사라진 것 같았다. 우주왕복선이 로켓에서 분리되는 모습을 지상에서 지켜보는 사람들이, 그저 무사비행을 기도할 수밖에 없는 순간의 느낌과 비슷했다.

◆

일주일이 끝나 갈 무렵 나는 물속에 들어가 휴가가 끝났다는 아쉬움을 떨쳐 버리려고 했다. 가슴이 이미 분홍색으로 탔기 때문에 몸을 돌려 엎드렸다. 그리고 소리 없는 수면 위로 고개를 들었다. 파커가 바닷가에서 야구 모자를 쓴 두 미국인을 지켜보고 있었다. 파커의 옆에 자리 잡은 그 두 사람은 몸에 잘 맞지 않는 수영복을 입고 있었다. 파커가 허리를 꼿꼿이 세우고 있는 모습을 보고 나는 그 두 사람이 상반신을 벗은 내 모습에 어떻게 반응할지 몰라 그녀가 긴장하고 있음을 깨달았다. 나 때문에 파커가 항상 걱정하는 것은 나도 이해했다. 바닷가에서도, 응급실에서도, 시골 화장실에서도.

우리가 오클랜드로 이주했을 때, 고속도로 출구 쪽으로 내동댕이쳐진 트랜스젠더 여성 하나가 낡은 매트리스나 소파처럼 갓길에 그냥 방치된 사건이 있었다. 나는 그 자리를 자주 지나다녔기 때문에 나도 모르게 그녀의 시체가 어떻게 됐을지 걱정하곤 했다.

네브래스카에서 여자 친구의 남자 형제와 그 친구들에게 성폭행을 당하고 살해된 트랜스젠더 남성 브랜든 티나의 사건도 있다. 내가 고등학생 때 벌어진 일이었다. 망령처럼 매달려 있던 그의 모습이 내 모습이 될 수도 있었다.

파커는 나를 찾으려고 손으로 햇빛을 가렸다. 나는 그 미국인들이 사라질 때까지 몇 시간 동안 몸이 시퍼렇게 얼도록 그냥 물속에 있을까 생각해 보았다. 하지만 속으로는 괜찮은 사람들 같아 보인다고 되뇌었다. 호기심을 드러내거나, 기껏해야 무례하게 구는 정도일 거라고.

두려움이 아니라 거기에 보이는 반응이 중요하다던 마이크의 말을 떠올렸다. 나는 남성성을 증명하기 위한 의례들에 대해 줄곧 자료를 찾아보고 있었다. 그 의례들은 거의 모두 전쟁과 관련되어 있었다. 이를테면 피어싱, 문신, 용맹한 행동 같은 것. 영계(靈界)와의 접속을 시도해서 성인임을 증명하는 통과의례도 있었다. 어떤 문화든 소년이 혼자 떨어져서 걸어야 하는 단계가 있었다. 소년도 남자도 아닌 어중간한 시간. 그 단계를 겪고 마을로 돌아온 소년은 남자로 인정받는다.

젠장. 나는 허벅지 높이의 물속에서 벌떡 일어나 해안을 향해 걷기 시작했다. 미국인 관광객들은 턱을 늘어뜨리고 멍하니 나를 바라보았다. 나는 더 이상 참을 수가 없어져서 점점 얕아지는 물속에서 반은 헤엄치고 반은 기면서 움직였다. 그렇게 해변으로 올라온 고래처럼 가슴을 모래 바닥에 붙인 채 해변으로 굴러 올라갔다.

내게 가져다줄 수건을 챙기는 파커를 지켜보았다. 기적이 일어나는 일은 없을 것이다. 그럴 때도 아니었고, 테스토스테론이 당장 나를 훌륭한 남자로 만들어 줄 것 같은 징후도 없었다. 그렇게 변하면 내가 더 행복해지거나 더 완전해질 것이라고 확인해 주는 시험 결과도 없었다.

"괜찮아?" 파커가 나를 부리토처럼 수건으로 감싸면서 물었다. "미안해."

"내가 미안하지." 나는 수건을 단단히 잡아당겼다. 내가 앞으로 혼자 걷게 될 수도 있겠지만, 다시는 무슨 일이 있어도 무릎을 꿇지 않을 것이다.

◆

칸쿤공항의 술집 '지미 뷔페'에서 우리는 목이 굵은 남자 대학생들이 지나치게 비싼 플라스틱 컵 맥주를 사 마시는 모습을 지켜보았다. 손톱을 하얗게 칠한 여자가 여자 화장실 앞에 파수병처럼 서 있다가 이상한 표정을 짓는 것을 보고 나는 겁이 났다. 그래서 맞은편 게이트 앞에 앉아 그 여자가 가기를 기다리며 야구 모자를 벗었다가 다시 썼다. 미식축구 선수처럼 덩치가 큰 남자 친구가 남자 화장실에서 나와 여자와 함께 사라졌지만, 나는 두 화장실 입구 사이의 교차로에 서서 마음을 정할 수 없었다.

"못 하겠어." 다시 게이트로 돌아온 나는 파커에게 이렇게 말했다. 파커는 오두막 벽장에서 찾아낸 그레이엄 그린의 책을 내려놓았다. 기분이 나쁘고 피곤해 보였다. 도시의 시끄러운 소음이 없는 덤불 그늘 아래에서 쉬다가 오클랜드로 돌아가려니 영 내키지 않는 모양이었다.

"뭘 못 하겠다는 거야?"

나는 파커 옆에 앉았다. "치료를 시작할 거야. 그 방법밖에 없는 것 같아."

파커가 한쪽 눈썹을 치떴다. "그걸 지금 막 결정했다고?"

"진심이야, 파커." 파커가 자기는 내키지 않는다고 할까 봐 걱정스러웠다. 지금 내 얼굴이 그녀에게 약속된 결혼 생활의 일부라고 할까 봐.

"잠깐, 이번에는 진짜 진심이라고?"

"응."

파커는 미간을 찌푸렸다. 아주 미미한 변화였지만 나는 알아보았다. 파커는 뭐라고 말하려다가 그만두었다. 내가 우리 둘을 모두 그 어중간한 지대로 던져 버렸음을, 그래서 그녀도 결정을 내려야 하는 처지가 됐음을 알 수 있었다.

"진심이라면, 일이 잘되게 만들어야지."

나는 파커가 내심 무슨 생각을 하고 있는지 상상하지 않으려고 애썼다. 사람들의 사랑을 받아들이세요. 상담 치료사는 항상 이렇게 말했다. 당신은 어디로 달려가고 있습니까?

그 순간 꼴사나운 공항 술집에서 또 〈마르가리타빌〉이 쾅쾅 울려 나왔다. 우리는 조금 너무 심하게 웃어 댔다.

"그래서?" 내 목소리가 허공에 남았다.

"솔직히 나 지금 무서워 죽겠어." 파커가 말했다. "하지만 내가 이런 걸로 널 두고 떠난다면, 그동안 널 전혀 몰랐다는 얘기지."

"고마워." 나는 복받치는 감정을 드러내지 않으려고 애썼다.

"자, 가서 마르가리타나 한잔 마시자. 술이 필요할 것 같아. 내가 지미 뷔페 기념품 컵이 필요하기도 하고. 기념품과 성전환 수술이 없는 휴가는 완전한 게 아니지."

"네가 다른 삶을 원했다는 걸 알아." 나는 파커가 이 상황을 농담으로 넘겨 버리는 것이 싫었다.

"내 인생은 내 것이야." 파커가 진지한 표정으로 말했다. "네 인생은 네 것이고."

그녀의 말이 옳다는 걸 알면서도 나는 불안했다.

"그러니까 나한테 아무것도 약속할 수는 없다는 거네." 질문 같았지만 사실은 질문이 아니었다.

"그런 셈이지. 기억나?" 파커는 우리의 결혼 서약을 인용했다. "난 네가 너로 살아가는 데 결코 방해가 되지 않을 거야. 하지만 다른 건 전혀 약속할 수 없어."

나는 우주선이 떠나는 모습을 지켜보고 있는 것 같은 심정이었다. 아니, 우주에 나가 지구에 남은 사람들을 향해 엄지를 들어 보이는 우주 비행사가 된 것 같았다. 이야기의 종류가 둘뿐이라면, 때로는 우리가 동시에 주인공이자 이방인이 될 수도 있을 것이다.

술에 취한 사람들의 환호성이 술집에서 연달아 울려 나왔다.

"고마워." 내가 파커에게 말했다. "정말 고마워."

"그래." 파커는 시선을 피했다. 십중팔구 눈물을 참으려고 눈을 깜박거리고 있을 것이다. "이제 그 망할 컵이나 사러 가자."

32.

캘리포니아주 오클랜드
2011년 4월, 30세

강도 사건 1주년 기념일이 지나는 동안 나는 '새로운 이름 고르기'라는 묘한 일에 착수했다. 나는 3인칭으로 내가 살아온 삶을 이야기했다. 자동차 백미러를 향해 말할 때가 많았다. 새로운 사람으로 변하는 동안 그 새로운 사람이 되는 실험을 해 보는 편이 왠지 더 안전할 것 같았다. 나는 제임스도 되고, 애덤도 되고, 올리버도 되고, 폴도 되었다. 제임스는 장을 보러 가는 중이다. 애덤은 상자를 몇 개 가지러 갔다. 올리버는 침실의 책들을 상자에 쌌다. 폴은 이삿짐센터에 전화를 걸었다.

파커는 애덤에게 표를 주었지만, 나는 낯설어서 친근감이 느껴지지 않았다. "최초의 남자 이름으로 하자고?" 농담으로 넘기는 것 외에 달리 방법을 알 수 없어서 나는 이렇게 말했다.

변화가 너무 빨리 이루어졌다. 몸은 일단 한번 움직이기 시작하면 계속 움직이는 법이다. 파커는 덜 불안한 것 같았다. 어쨌든 여름에 막대 아이스크림을 먹을 수 있을 만큼 더운 곳에 갈 수 있다는 사실에 신이 나는 모양이었다. 그런 곳에서는 마음 놓고 반바지를 입을 수 있을 것이다. 파커는 헤엄칠 수 있는 바다, 조용하고 뜻밖의 일이 일어나지 않는 곳을 원했다.

나는 그저 내 길을 찾기 위해 계속 앞으로 나아가고 싶었다. 피부가 몸에 맞지 않는 것 같고 가려웠다. 내 이름도 입에 붙지 않았다. 내가 누구인지 알 수 없었다. 내가 나 자신에게도 낯설다면, 다른 사람들에게도 역시 낯선 존재가 되고 싶었다.

그래서 우리는 프로비던스로 날아가 단 한 번 정신없이 둘러보기만 한 커다란 아파트의 임대계약서에 서명했다. 침실이 두 개인 아파트였다. 1년 뒤 내 삶을 그려 보려고 시도할 때마다 마구 추락하는 듯한 느낌이 드는 것은 무시했다. 보이는 것이라고는 밝은 하얀색뿐이었다. 사람이 죽기 전에 경험한다는, 역광 속의 망각과 비슷했다.

◆

나의 변화 과정을 지켜볼 보스턴의 시설이 점검 목록을 보내왔다. 신체검사, 상담 치료사의 확인서, 동의서 서명 등의 항목이 적혀 있었다. 목록이 한없이 길기는 해도 해낼 수 있을 것 같았다.

내가 엄마에게 생부가 누구냐고 묻는 편지를 처음 보낸 뒤 몇 달이 흘렀지만 아직도 답변이 없었다. 가슴에 난 구멍을 무시하려고 해도 걱정스러웠다. 나는 다시 엄마에게 연락하지 않았다. 그래야 할 것 같았다. 자연이 진공을 싫어하는 것처럼 이야기도 진공을 싫어한다.

그러나 이제는 내게 소용 없는 이야기에서 벗어나 자유로워진 기분이었다. 어렸을 때는, 엄마가 필요할 때 본능적으로 나서서 일을 처리해 준 것(로이가 내게 저지른 짓을 대신 자세하고 정확하게 이야기해 준 것이나, 아예 로이를 죽여 버릴까 고민했던 것)이 내게 위안이 되었다. 그러나 내 힘으로 혼자 서는 남자가 되려면, 어머니의 해석이 끼어들지 않은 나만의 이야기를 만들어야 했다.

엄마가 토머스에 대해 어떻게 느낄지 알 수 없었지만, 이 이름을 떠올리자마자 이것이 내 이름임을 깨달았다. 나는 증거를 모았다. 토머스는 쌍둥이를 의미했다. 토머스는 안경을 쓰고 옅은 수염을 기른 사람을 연상시켰다. 한번 토머스가 찰칵 자리를 잡고 나니 되돌릴 수 없었다. 아직은 토머스가 여기 없지만 곧 돌아올 거야.

토머스는 돌아가신 삼촌의 이름이기도 했다. 그는 가족들 중 유일하게 내가 닮은 사람이었다. 삼촌은 섬세한 예술가 타입이라서, 소란스럽고 과학을 더 좋아하는 형제들과 달랐다. 삼촌은 내가 아기였을 때 암으로 세상을 떠났다. 지금 나보다 약간 어린, 고작 이십 대의 나이였다. 엄마는 삼촌을 끔찍이 사랑해서, 집안에서 골칫거리 취급을 받는 그를 언제나 보호하려 했다. 내가 삼촌의 이름을 내 이름으로 삼고 싶은 이유 중에는 확실한 내 핏줄과 유대감을 느끼고 싶다는 것도 있었다.

그 이름은 나를 평화롭게 했다. 힘든 부분까지 모두 포함해서 과거와 나를 연결해 주었다. 토머스가 된 나는 출발점을 잃지 않을 것이고, 나 자신의 쌍둥이 같은 존재가 될 것이다.

"난 토머스야." 내가 파커에게 말했다. 파커는 밭에서 딸기를 따고 있었다.

"토머스." 그녀의 입으로 이 이름을 들으니 어색했다.

나중에 파커는 연습을 했다고 내게 말했다. 마치 근육을 단련하듯이. 근육을 튼튼하게 만들기 위해 파커는 먼저 근육을 무너뜨려야 했다. 아직 호르몬을 쓰기 전이라 목소리도 그대로이고 몸도 그대로였지만, 파커는 이미 나를 낯선 사람으로 보고 있었다. 저 사람은 토머스야, 내 사람. 토머스는 일하고 있어. 토머스는 숲을 좋아하고, 커피에는 설탕을 두 스푼 넣고, 나를 사랑해.

33.

캘리포니아주 오클랜드

2011년 5월, 30세

"이제 다 된 것 같아." 파커가 말했다. 슬픈 목소리가 아니었다. 아파트에 남은 것은 우리가 쓰던 에어매트리스와 옷가지 몇 벌, 접시 몇개, 텔레비전뿐이었다. 내가 보기에는 조금 쓸쓸했지만, 파커는 한시름 놓은 사람처럼 보였다.

나도 이곳을 떠나는 것이 기뻤다. 처음엔 이메일이 폭풍처럼 오간 뒤(제목: 크고 엄청난 변화), 후속 조치를 위한 전화통화가 이어졌고, 그다음에는 여러 친구들이 술을 함께 마시면서 머뭇머뭇 '그녀'라는 호칭을 '그'로 바꿨다. 사람들을 상대할 때마다 어렴풋이 불편해지는 생활이 지겨웠다.

나는 어머니의 반응을 기다렸다. 딱히 긴장감도 아니고 희망도 아닌 감정이 길게 늘어졌다. 나는 어머니에게 '당신이 사랑하는 사람이 트랜스젠더일 때'라는 제목의 촌스러운 팸플릿을 이미 보내 주었다.

빈 아파트를 눈으로 한 바퀴 둘러보다 보니, 인생이 이보다 더 불확실해질 수는 없겠다는 생각이 들었다. 파커도 같은 기분이었는지 일어나서 창문을 열었다. "기분 처진다." 파커가 연 창문에서 빛이 쏟아져 들어왔다.

"토머스." 연습을 했지만, 파커의 어조에서 아직 불편함이 느껴졌다. "톰." 파커가 나를 고쳐 불렀다. 나를 그렇게 부른 사람은 파커가 유일했다. 목소리가 조금 전보다 더 편안했다. "밭이 있다니 정말 좋아. 공간도 널찍하고 해먹도 있고 여름이잖아. 바다에서 헤엄칠 수도 있어."

이제 내가 말할 차례였지만 두려움이 가슴속에서 박동했다. "나는 새로운 시작이 어떨지 기대돼." 내가 간신히 말했다.

"새로운 시작 같은 건 없어." 파커가 실망한 목소리로 말했다.

"미안. 내가 어떤 모습으로 변할지 모르겠어서 그래. 좀 무섭네."

"알아."

아파트가 텅 비었는데도 나는 폐소공포증을 느꼈다. "그래." 나는 정신을 집중했다. 내 몸은 내 몸이고, 점점 좋아질 것이다. 나는 그 몸이 겉으로 나올 수 있게 해 주기만 하면 되었다. "새로운 시작은 없다는 말이 옳을지도 모르지만, 지금 이것이야말로 새로운 시작에 가장 가까운 것 같아." 한참 만에 내가 말했다. "나 자신을 보고 내가 어떤 사람인지 알게 될 거라고 생각하니 정말 기대가 돼."

"아마 넌 그냥 너일 거야. 더욱 너다운 모습이 되겠지만."

우리 둘 다 그쪽에 기대를 걸고 있었다.

"그러니까 우리가 정말 로이를 만나러 가는 거라고?" 파커는 짜증스러운 목소리를 냈다. 비행기를 타는 날까지 며칠이 남은 지금, 우리는 집 근처 주점에서 햄버거를 먹고 있었다. 파커는 여느 때처럼 내 피클을 몰래 가져갔다.

"나한테 화를 낼 거면 내 음식을 가져가지 마."

파커는 한숨을 내쉬었다. "화를 내는 게 아니야. 네 아버지가 너한테 말도 못 하게 거지 같은 짓을 한 이야기로 이번 여행이 가득 찰까 봐 그러는 거지."

"파커, 그만해."

"미안한테, 이건 합리적인 걱정이야."

"로이가 무슨 짓을 하든 상관없어. 그건 중요하지 않아." 나는 이렇게 중얼거렸지만, 설사 그녀가 그럼 무엇이 중요하냐고 묻더라도 설명할 말이 없었다.

파커도 그 사실을 알고 있었다.

"넌 같이 안 가도 돼." 나는 커다란 감자튀김을 케첩에 찍었다. "알렉스랑 같이 포틀랜드에 있으면 내가 다녀와서 널 데려갈게."

"네가 혼자 가는 건 싫어."

"괜찮아." 정말로 괜찮았다.

"토머스로 로이를 만날 거야?" 파커가 물었다.

명치가 굳는 느낌이었다. 나는 냅킨으로 얼굴을 닦았다. "내 몸이 풀려야 할 것 같다는 생각이 있어." 그때 내 몸이 얼음처럼 굳었던 것에 대해 누구에게도 이야기한 적이 없었다. 그래서 파커가 내 말을 제대로 이해했는지 살펴보았다. 그녀는 고개를 끄덕였다. "그래서 페이지로 그 자리에 나타나야 할 것 같다는 생각이 마음 한쪽에 있어. 그래야 내가 순전히 옛날에 상처를 입었던 그 아이가 아니라 다른 존재로 변했기 때문에 그 자리에 갈 수 있었던 거라고, 나중에 변명할 말이 없어지니까."

"그 아이의 모습은 결코 사라지지 않을 거야." 파커가 말했다. 공연히 모질게 굴려는 것이 아니었다. "네 모습이 변한다 해도 그건 바뀌지 않아."

"알아." 나는 이렇게 말했지만, 정말로 알고 있는 건지 확신할 수 없었다. 내 안에는 정상이 되고 싶은 마음, 다시 태어나고 싶은 마음이 아직 조금이나마 남아 있었다. 남자를 무서워하는 아이도 내 안에 있었다. 나는 우리가 녹아 서로 하나가 될 수 있음을, 나의 모든 자아가 하나가 될 수 있음을 그 아이에게 보여 주고 싶었다.

"내가 로이한테 수술 이야기를 모두 털어놓을지는 아직 잘 모르겠어." 이 말은 사실이었다. "그리고 나는 로이한테 지금의 내 모습을 보여 주고 싶어. 자기가 상처를 준 아이가 자라서 어른이 된 모습 말이야. 그게 중요하다는 느낌이 들어." 얼굴이 뜨겁게 달아올랐다.

"알았어." 파커가 말했다. 그리고 또 내 이름을 부르는 연습을 했다. "톰. 난 로이가 무슨 짓을 하든 그것이 대륙을 가로지르는 우리의 여행을 망치지 않기를 바랄 뿐이야, 알겠어? 난 빨리 이곳을 뜨고 싶어. 그쪽 지역을 구경하고, 겁낼 것이 없는 곳에서 너랑 함께 시간을 보내고 싶어…." 파커는 한 팔을 둥글게 움직였다. 나는 그녀가 허긴스를 만난 그날을 이야기하고 있음을 알아차렸다.

"알았어. 좋아."

"정말 알아들은 거야?" 파커가 나를 바라보았다. "나 지금 농담하는 거 아니야."

"그래." 나는 얼굴 표정으로 단언했다. "로이가 어떤 자식이든 상관없어. 난 안 무서워. 이 일을 해내야 해."

"어차피 처음부터 네 말이 터무니없다고 생각한 건 아니야. 널 따라가고 싶은 내 마음이 어느 정도인지가 문제였지."

"그래? 어느 정도인데?"

"아직 결정을 못 내렸어." 파커가 농담처럼 말했지만, 이것은 농담이 아니었다. "난 지금 딱 이 문제 하나만 감당할 수 있어." 파커가 맥주를 길게 들이켰다. "그러니까 이 일을 해낼 수는 있는데, 만약 네가 바라던 대로 일이 풀리지 않으면 내가 널 위해 어떻게 해 줄 수는 없어."

"내 일은 내가 알아서 할 수 있어, 파커."

"그건 나도 마찬가지지." 파커가 맞장구를 쳤다.

"날 믿어." 나는 파커 뒤편의 벽에 걸린 권투 선수들의 사진을 보았다. 옛날 흑백사진 속에서 그들은 콧수염에 기름을 발라 정리하고, 양팔을 들어 권투 자세를 취하고 있었다. 나는 마이크를 떠올렸다. 내게 마침내 가슴근육이 생긴 것과 코어 근육의 중요성도 생각했다.

"언젠가 나도 저 사람 같은 모습이 될 거야." 나는 맞아서 입술에 상처가 난, 검은 머리의 마른 남자를 가리켰다. 하지만 생부가 어떻게 생긴 사람인지 모르기 때문에 내가 어떤 모습으로 변할지 나는 당연히 짐작도 할 수 없었다. "완전히 미지의 세계지." 나는 혼잣말을 했지만, 파커도 내 말 뜻을 알아들은 것 같았다.

"넌 아주 미남이 될 거야." 파커가 말했다. 그때 컨트리 음악 밴드가 연주를 시작했고, 우리는 점점 어두워지는 술집에서 맥주를 끼고 마셨다. 그러다 보니 둘 사이의 평형이 다시 조정된 것 같은 느낌이 들었다. 우리는 집까지 한참 걸어서 돌아왔다. 오래전 이 동네로 처음 이사 왔을 때 보았던 아파트들이 우리 옆을 지나갔다. 보름달 아래에서 우리는 깊은 침묵을 유지했다. 우리가 모르는 것들을 위해 충분한 공간을 남겨 두기로 한 약속을 지키듯이.

◆

우리가 북쪽의 오리건으로 떠나기 직전에 엄마에게서 전화가 왔다. 나는 직장에 마지막으로 출근했다가 걸어서 돌아가는 길에 브로드웨이의 타코 트럭을 지나가며 전화가 음성 사서함으로 넘어가게 내버려 두었다. 로니는 이스트 오클랜드의 엔진오일 교환 업체에 취직해서 일하다가 해고된 뒤로 나를 다시 찾아오지 않았다. 하지만 문자로 잘 지내고 있다면서, 아이 엄마의 마음을 돌려놓기 위해 앨라배마로 갈까 생각 중이라고 알려 왔다. 나는 그러지 말라고 주의를 주지 않고, 그냥 옳다고 생각되는 일을 하라고만 말했다. "네가 해야 하는 일이 뭔지는 네가 잘 알 거야." 나는 이렇게 문자에 썼다. 내가 열아홉 살 때 누군가가 내게 그런 말을 해 줬으면 좋았을 것 같았기 때문에.

황금 고갱이. 나는 속으로 생각했다. 어쩌면 너무 일찍 그 말을 들어서 무슨 뜻인지 이해하지 못한 것인지도 모른다.

나는 세차장 근처의 작은 문으로 허리를 숙이고 들어가 내 음성 사서함 번호를 눌렀다. 엄마의 목소리가 들려왔다. "그래, 애야, 네 편지를 받았어." 울다가 전화했는지 목소리가 갈라져 있었다. "당연히 무슨 일이 있어도 난 널 사랑하지."

엄마의 말이 더 이어졌지만 내 귀에는 들리지 않았다. 나는 따뜻한 날 집에서 4,800킬로미터 떨어진 길가에 앉아, 꼭 필요하다면 엄마를 포기할 수도 있었겠다는 사실과 엄마가 이런 사람이라서 정말로 고맙다는 사실을 동시에 깨달았다. 비록 엄마의 삶이 가끔 내 현실을 침범할 때가 있기는 하지만.

"로이에 관해서 너한테 편지를 쓰고 있어." 엄마가 말했다. "내가 전부 설명할게."

나는 오래전 엄마가 내게 지금과는 다른 이야기를 들려주었던 그 겨울날과 탯줄을 생각했다. 엄마 입장에서 반드시 진실이어야 하는 이야기였다. 나는 그 이유를 이해했다. 만약 로이가 내 아버지가 아니라면, 내가 그를 만난 이유는 순전히 엄마뿐이니까. 엄마는 자책하고 있었다.

내가 수술을 결정하는 데 이렇게 시간이 오래 걸린 것은 나 자신에 대한 회의 때문이었다. 하지만 허긴스는 지금 이 몸에서 나오는 이 목소리를 듣고 총구를 내렸다. 기분이 이상해지졌지만, 이 생각을 멈출 수 없었다. 어쩌면 로이가 내게 남긴 상처와 그 상처에 인질처럼 붙들려 있던 내 삶이 바로 내 목숨을 구해 준 것일 수도 있었다.

34.

뒷좌석에는 우리 물건이 가득했다. 조수석을 앞으로 잡아당겼기 때문에 파커는 무릎이 대시보드에 닿을 지경이었다. 퍼리 루이스(미국의 컨트리 블루스 기타리스트—옮긴이)가 즐거운 슬픔을 울부짖었고, 전나무들이 왕관처럼 산의 능선을 장식했다. 우리는 북쪽의 추운 산골로 올라갔다. 대를 이어 오는 벌목꾼과 어부, 픽업트럭과 엽총, 깨끗한 강물, 대마초 농장이 가득한 곳이었다.

"만나서 뭐라고 할 거야?" 파커가 조수석에서 물었다. 창문이 내려가 있었다. 우리는 바위산을 빙글빙글 올라갔다. 저 아래에 숲이 부드러운 초록색 융단처럼 깔려 있었다.

"그냥 내 아빠가 누구인 것 같으냐고 물을까 싶어." 나는 자신 있는 목소리를 내려고 했지만, 로이를 만나는 장면 다음에 무엇을 할지 생각해 둔 것이 없었다. 그를 만나는 것이 중요했다. "우리가 뭐 크게 붙을 것도 아니잖아."

"나라면 죽이고 싶을 거야." 파커가 말했다. 듣기도 힘들 정도로

180

작은 목소리였다.

"난 아니야. 어쨌든 지금은 아니야. 그냥 로이를 마주하고 싶어. 로이를 괴물이 아니라 사람으로 볼 필요가 있어."

"그런데 그쪽이 그렇게 굴면?" 파커가 허리를 세웠다. "괴물처럼 굴면?"

"그럼 로이를 어떻게 봐야 할지 내가 선택하면 되겠지."

"예수님 나셨네." 파커가 나를 놀렸다.

"나도 화가 나." 내가 말은 이렇게 했지만, 분노가 뭔가에 눌려 있는 것 같았다. "하지만 앞으로 나아가는 게 더 중요해. 때로는 분노 때문에 중요한 걸 놓칠 수도 있잖아."

"무슨 뜻이야?"

"허긴스나 하우즐리를 봐. 내가 볼 때 그 둘은 그냥 인생을 망친 사람들이야. 하지만 내가 지금 화를 내거나 겁에 질렸다면 그걸 깨닫지 못하겠지. 그러다 보면 너무 많은 사람들이 내 머릿속에서 지나치게 많은 자리를 차지하게 될 거야. 하지만 내가 그 사람들을 인간으로 보면, 내게 위협이 되지 못해."

"누굴 말하는 거야?"

"아마 모든 사람? 허긴스, 하우즐리, 엄마, 로이."

"넌 로이와 정반대야." 파커가 의미심장하게 말했다.

"알아."

"아니, 몰라."

"그래, 몰라. 하지만 로이도 중간에 어떤 일 때문에 그렇게 변해 버렸을 거야. 뭔가 무서운 일, 어쩌면 내가 겪은 것과 같은 일일 수도 있고. 그러니까 나는 가만히 앉아서 선과 악에 대해 생각만 하고 있을 순 없어."

"그게 너무 많은 공간을 차지하니까?"

"그래." 우리는 자동차 앞 유리로 매 한 마리가 활공하며 지나가는 모습을 지켜보았다. 먹잇감을 노리는 매끈한 비행이었다. "하지만 무서워하던 것과 마주 보면, 내가 그런 모습으로 변하지 않을 거라고 상당히 장담할 수 있을 것 같아."

파커는 고개를 끄덕였다. 내 말이 무슨 뜻인지 이해했지만, 모두 동의하는 것 같지는 않았다.

어렸을 때처럼 숲속에 누울 수 있으면 좋겠다는 생각이 들었다. 뛰어노느라 진흙투성이가 된 신발을 신은 채로 상쾌한 공기 속에 누울 수 있다면. 나는 욱신거리는 가슴에 한 손을 얹고 그곳에서 이는 이상한 파동을 느껴 보았다.

차가 산속으로 더 깊이 파고들자 파커가 라디오의 소리를 더 키웠다. 그러다 나중에는 잠이 들었다. 머리가 이리저리 구르는 것을 보고, 나는 파커의 머리를 팔꿈치로 조심스레 밀어서 제자리로 돌려놓았다. 파커가 자고 있을 때의 그 평화로운 느낌이 좋았다. 나는 하늘에서 마지막으로 비어져 나오는 햇빛을 지켜보며 로이를 생각했다. 내가 그에게서 진짜로 원하는 것이 무엇인지 생각했다.

아무것도 없었다. 내가 여기에 온 것은 사실 로이와 아무 상관이 없는 일이었다.

우리가 다시 평지에 내려설 무렵 파커가 깨어났다. "여기 어디야?" 파커의 목소리에 잠기운이 묻어 있었다.

주위의 넓디넓은 땅에서 소들이 떼를 지어 조용히 돌아다녔다. 작은 농장과 시골집이 가득한 풍경을 보니 스크랜턴에 있는 할아버지의 집에 가는 길이라고 해도 될 것 같았다.

"거의 다 왔어. 하지만 어디든 우리가 원한다면 갈 수 있지, 응?"

"우린 여기에 오기로 선택했어." 파커가 눈을 감으며 말했다. 맞는 말이었다.

35.

"행운을 빌어." 70년대 스키 로지 같은 모텔의 방문을 닫는 내게 파커가 말했다. 나는 파커를 뒤돌아보았다. 내가 이미 이 자리에 없는 사람인 것처럼, 파커는 초록색과 노란색으로 자연 풍경이 그려진 이불 앞에 서 있었다.

"너한텐 내가 있어." 파커가 뒤에서 소리쳤다.

주차장을 빠져나가는 길에 자동차들 사이에서 둥글게 원을 그리며 광적으로 달리고 있는 리틀 야구 선수들이 보였다. 많아야 열두 살쯤 된 소년들이었다. 아직 사춘기가 오지 않은 홀쭉한 아이들에게서 내 모습이 보였다. 아이들의 들뜬 에너지, 사람들 눈에 띄고 싶다는 필사적인 욕망이 비슷했다.

아이들의 욕구, 끈을 묶지 않은 운동화, 얼룩이 묻은 하얀 바지, 앞으로 아이들에게 일어날 수 있는 온갖 무서운 일 등이 눈에 보였다. 속에서 쓴 물이 올라와, 어스레한 석양빛 속 아이들의 모습을 더럽혔다. 이 한심한 마을의 웃기지도 않는 찻집에서 로이를 만나 얼굴을 한 대 후려칠 수도 있을 것이다. 잇자국 모양으로 멍이 든 주먹으로 그 자리를 떠나는 내게 뭐라고 할 사람은 하나도 없을 것이다. 멍이 든 주먹은 내 트로피였다.

무엇이 남자를 만드는가? 근성으로 하는 힘겨루기가 바로 남자를 만든다고 생각하는 사람이 아주 많다. 나도 영화를 많이 보았으므로, 주먹다짐이나 맥주 한 잔이 상황을 해결하는 최선의 방법이라는 것을 알고 있었다. 로이가 내 이름이 토머스임을 모른다 해도, 내 안의 남자를 보지 못한다 해도, 나는 그와 같은 언어로 말할 수 있었다.

어둠이 빨리 몰려왔다. 나는 다른 데 정신을 팔고 있으면 내 마음이 저절로 결정을 내려 줄 것이라는 믿음으로 라디오의 소리를 높였다. 그리고 파커를 생각했다. 희미한 기억 속의 존재처럼 이상하게 느껴졌다. 오클랜드에서 살던 우리 아파트의 따뜻한 나무 바닥도 마찬가지였다.

나는 레스토랑 체인점들이 들어선 쇼핑가의 주차장에 차를 세우고 엔진이 계속 돌아가게 내버려 두었다. 그날 밤 오클랜드에서 내 다리가 정신없이 움직일 때의 느낌, 단순히 살아남는 것만으로는 부족하다는 욕망을 내 안에 풀어 놓던 호르몬들을 느낄 수 있었다. 매번 나 자신의 모습을 모사한 태엽 인형처럼 살 수는 없었다.

나는 로이를 칠 수 없었다. 치고 싶지도 않았다. 분노가 갑주처럼 떨어져 나가고, 내게는 내내 숨기고 있던 이야기만 남았다. 그 이야기가 횡횡 소리를 내며 내 몸을 훑고 지나갔다. 처음으로 가슴이 아팠던 기억. 무슨 일이 있었든, 내게 아버지는 로이뿐이었다.

185

대시보드의 시계가 여덟 시를 알렸다. 남자를 만드는 것은 아무도 보지 않을 때 그가 내보이는 모습이다. 내게 그것을 가르쳐 줄 아버지가 없어도 나는 알 수 있었다. 그저 문을 열고 내가 직접 보기만 하면 되는 일이었다.

◆

우리가 만나기로 한 찻집에서 한 블록 떨어진 곳에 머리가 벗어진 흰머리 남자의 등이 흐릿하게 보였다. 카키색 옷을 입고 구부정하게 구부러진 그 등은 틀림없이 내 아버지의 것이었다.

나는 그를 그냥 로이로 생각할 수 있었다. 내 이름에 익숙해지려고 연습하듯이, 그의 이름 또한 내 머릿속에 박아 넣으려고 연습했다. 그러나 구부정한 어깨와 처친 피부, 죽어 가는 육식조의 상처 입은 모습을 실제로 보고 나니, 그는 내 아버지가 되었다. 그 단어가 고통스러웠다. 하키 퍽이 내 가슴의 너덜너덜한 네트를 가르는 것 같았다.

그가 찻집 앞에서 머뭇거리며 안을 들여다봤다가 다시 거리로 물러나는 모습이 왠지 나를 잡아당겼다. 이유도 모른 채 나를 만나러 온 그 모습 자체가 일종의 용감한 행동임을 알 수 있었다. 메달감은 아니었으나, 그 정도면 괜찮았다. 겨우 몇 미터 떨어진 곳에 내가 있는데도 그는 나를 발견하지 못했다. 추위 때문에 겉옷의 지퍼를 끝까지 올린 모습이 자그맣고 인간처럼 보였다.

나는 안으로 들어가려고 몸을 돌린 그를 서둘러 따라잡아, 기미가

낀 그의 정수리 뒤에서 문을 붙잡았다. 그는 뒤에 누가 따라오는지도 모르면서 먼저 들어가라는 듯 문을 열어 붙잡고 있었다.

"로이." 나는 이렇게 말하고 나서 그의 몸이 뻣뻣하게 굳는 것을 지켜보았다. 그가 환하게 웃으며 몸을 돌려 내게 한 손을 내밀었다.

"그래, 페이지." 그가 조심스레 말했다. 내 옛 이름이 그의 입술에서 친숙하게 흘러나왔다. 나는 쌍둥이를 생각했다. 딱 오늘밤만 나는 나 자신의 모든 모습이 될 것이다.

나는 그의 손을 잡았다. 울퉁불퉁한 손은 검버섯이 피어 있었고, 비단처럼 부드러웠다. 우리가 서로에게 닿은 것은 20년 만에 처음이었다.

◆

"그래, 어디서부터 시작할까?" 그가 자기도 모르게 크게 울리는 목소리로 말했다. 화장지처럼 얄팍해진 그의 피부가 자꾸만 내 시선을 끌었다. 우리는 바 앞의 등받이 없는 의자에 앉아 있었다. 그가 손을 워낙 심하게 떨어서 뜨거운 물을 우리 둘의 옷에 쏟을까 봐 걱정스러웠다.

젊은 시절 윤기가 나던 그의 머리가 순간적으로 눈에 보이는 듯했다. 자신이 내 몸에 무슨 짓이든 시킬 수 있다고 말하듯이, 흐릿한 기대감에 차서 나를 올려다보던 눈도. 후광처럼 하얗게 세어 버린 그의 머리카락에 홀린 나는 옛날에 영화관에 갔다가 내 옆에 정수리 모양이 그와 비슷한 남자가 앉을 때마다 겁에 질려 그대로 나와 버리던 때로 돌아간 것 같았다.

도망치지 마. 나는 페퍼민트 차를 입김으로 불어 식히면서, 찻물이 입김에 뒤로 밀려나는 모습을 지켜보았다. 벽에는 카페에서 볼 수 있는 싸구려 수채화가 있었다. 나는 거품을 일으키며 흐르는 강물과 전나무가 늘어선 풍경을 열심히 바라보았다. 마치 그러면 다시 나 자신으로 돌아갈 수 있다는 듯이.

파커는 내게 왜 여기에 온 거냐고 물었지만 나는 그동안 대답하지 못했다. 이제는 내가 원한 것이 작별 인사였음을 확실히 알 수 있었다. 로이뿐만 아니라 그로 인해 만들어진 나라는 인간에게도, 그리고 시간 속에 굳어져서 그동안 나를 붙들고 있던 내 몸에게도.

"친자 검사를 한 뒤에 더 자세한 걸 알고 싶어졌어요." 나는 그의 반응을 기다렸다. 그의 경쾌한 말씨를, 빅뱅처럼 터져 나온 기억이 내 앞의 이 남자와 충돌하기를.

"그래." 그가 뒤로 몸을 기대며 말했다. "그럼 처음부터 이야기를 시작할까?" 그는 커다란 녹차 잔을 양손으로 감쌌다. 아이 또는 아주 나이가 많은 노인처럼 보였다.

나는 기다렸다. 두려움도 분노도 없고 멍한 기분도 아니었다. 나는 편안하게 주의를 기울이고 있었다. 그가 알든 모르든 나는 토머스 페이지 맥비였고, 나의 모든 조각들이 제자리를 찾아 들어갔다.

나는 이야기를 시작해도 좋다고 고개를 끄덕이며, 이야기가 기계처럼 찰칵 하고 움직이기 시작하는 상상을 했다.

"1979년에 내가 노스캐롤라이나 히코리에서 네 엄마가 일하는 직장에 취직했다. 아직 내 전처 앤과 이혼하기 전이었지만, 결혼 생활이 잘 풀리지 않아서 별거 중이었지. 네 엄마는 릭과 헤어졌고."

나는 손을 바삐 놀리기 위해 로이의 말을 받아 적으려고 했지만, 탁자가 자꾸 흔들려서 정신없이 삐뚤빼뚤한 글씨가 되고 말았다. 나는 흔들리는 다리 밑에 설탕 봉지를 한두 개 괴어야 할 것 같으니 좀 기다려 달라고 로이에게 말하는 상상을 했다. 그와 내가 아버지와 아들로서 힘을 합쳐 목표를 이루기 위해 움직이는 상상을 하다 보니 내 얼굴이 붉어졌다.

"하지만 네 엄마가 꼬리를 좀 쳤지." 로이가 손바닥을 향해 기침을 하면서 말했다.

"세상에." 내 이마에 핏줄이 불거지고, 주먹에 힘이 들어갔다. "무슨 수작이에요?"

로이는 움찔하면서 숟가락을 만지작거렸다. 기차가 다가올 때처럼, 숟가락이 쨍그랑거리는 소리가 점점 커졌다.

"이봐요." 나는 이를 악물고 말했다. 그리고 내 발, 금속 의자의 고리, 손에 쥔 뜨거운 찻잔에 신경을 집중했다. "내가 알고 싶은 건 나와 관련된 일뿐이에요." 나는 목소리에 날을 세워 그에게 경고했다. 화를 내니 기분이 좋았다. 전기 울타리가 박동하며 살아나는 것 같았다.

십 대들이 모여 있는 옆자리에서 제멋대로 시끄럽게 웃어 대는 소리가 밀려왔다. 나는 그들이 들어올 때부터 그들의 존재를 알고 있었다. 귀퉁이가 더러워진 교과서는 얼룩이 묻은 탁자 위에 거의 방치되어 있고, 이로 찝은 자국이 있는 연필은 귀 뒤에 얌전히 꽂혀 있었다.

"알았다." 로이가 양손을 들어올렸다. 속이 상해서 폭발할 것 같은 모습이었다. 그의 눈은 흙이나 초콜릿과 비슷한 갈색이었는데, 그는 그 색깔을 싫어했다(그는 "똥색"이라고 표현했다). 그 눈이 상처받은 기색을 띠고 있었다. 옛날부터 항상 그랬던 것처럼. "알았다. 그래서 우리가 1980년에 서로 사귀게 됐는데, 두어 달 뒤에 네 엄마가 임신했다고 하더구나. 난 아빠가 되고 싶었다." 그가 단호하게 말했다. "사실 내 첫 결혼 생활이 망가진 이유가 바로 그거였어. 아내는 아이를 원한다면서도 임신을 피하려고 갖은 수를 썼거든."

그가 쏟아 낸 말이 우리 둘 사이에 죽은 시체처럼 걸려 있었다. 나는 계속 입을 다물고 말을 하지 않았다. 나는 나보다 작은 것에 폭력을 휘두르는 남자가 아니다.

그의 이야기를 들은 뒤에도 나는 괜찮을 것이라는 생각이 들었다.

"그때 나는 네 엄마를 진지하게 생각하고 있었다. 하지만 네 엄마는 날 믿지 못했던 모양이야." 그는 아주 잠깐 침묵을 지켰다. "나는 네 엄마를 사랑했다." 어쩌면 내가 이 말을 믿지 않을 수도 있다고 생각하는 것 같은 말투였다. "지금도 사랑하고."

"알아요." 나는 두 사람이 복도에서 손을 잡고 소곤거리던 모습을 떠올렸다. 그 뒤로 나는 이미 부스러진 내 영역을 지키는 일에 진심을 다하지 않게 되었다. 로이를 감옥에 보낼 것인가 말 것인가를 결정하는 일보다 더 어려운 선택이 다가올 것 같다는 생각이 떠나지 않았다. 만약 로이가 다시 집으로 들어온다면 내가 갈 곳을 선택하는 일.

하지만 그런 일은 일어나지 않았다. 엄마는 로이와도 다른 남자와도 재혼하지 않았다. 데이트조차 한 번도 하지 않았다. 엄마는 자신의 집에서 수도사처럼 살았다. 죄책감과 슬픔이 융합되어 그 나름의 정지 화면이 되어 버렸다.

로이는 간청하듯이 나를 바라보았다. 나는 그의 악어 눈물을 떠올렸다. 어쩌면 진정한 눈물이었을지도 모른다. 하지만 내게는 그것을 판단할 기회가 단 한 번도 주어지지 않았다.

나는 옆자리의 아이들을 더 자세히 살펴보았다. 젊고 건강하고 여드름이 난 아이들. 손목을 그은 자국, 배낭 속의 마약, 그 밖의 이해할 수 없는 비밀을 분명히 감추고 있는 것으로 보이는 아이들이 몇 명 있었다. 차를 젓는 로이의 손마디가 부어 있었다. 나는 그들 모두에게 안쓰러움을 느꼈다. 오클랜드의 법정에서 느낀 것과 똑같았다.

"나는 질투가 많았다." 로이가 고백했다. "계속 얘기할까?"

나는 옆자리의 고등학생들에게서 시선을 돌리며 속으로 생각했다. 저 애들은 자기가 이미 알고 있는 것이 얼마나 많은지 전혀 모르겠지.

"네. 모든 걸 얘기해 주세요."

◆

"그래, 우리가 사귀다가 네 엄마가 임신했는데, 우리는 서로 사귄다는 이야기를 아무에게도 할 수 없었다. 우리 둘 다 예전의 관계를 이미 끝낸 뒤였지만, 회사가 사내 연애를 엄격히 금지했거든. 그래서 네 엄마가 계획을 하나 짜냈지."

"어떤 계획인데요?"

"좀 이상하게 들리겠지만, 네가 태어난 뒤에 네 엄마가 릭과 모종의 합의를 했는데, 거기에는 네가 릭의 아이인 것처럼 보이게 하는 것도 포함되어 있었다."

나는 깜짝 놀라서 고개를 끄덕였다.

"우리는 서로 진지하게 사귀는 사이였어." 내가 뭔가 할 말을 찾는 동안 로이가 말했다. 한 옥타브쯤 높아진 목소리였다. "우리는 주말마다 만났다."

"네." 나는 민망한 기분이었다. "그래요."

"릭은 네가 자기 아이가 아니라는 걸 알고 있었다. 물리적으로 불가능한 일이었거든. 그래도 계획에 동참한 데에는 릭 나름대로 이유가 있었기 때문인데, 계획이 뜻대로 풀리지 않은 게 문제였지. 너도 아장아장 걸어 다닐 무렵에는 릭을 네 아빠로 생각했으니까."

"그게 신경이 쓰였나요?" 내가 왜 이것을 물어봤는지 나도 알 수 없었지만, 미처 생각도 하기 전에 말이 튀어나가고 말았다. 그러자 거짓으로 점철된 내 삶이 갑자기 우리 둘 사이에서 생명을 얻었다.

"네 엄마는 우리 사이에 자신이 없었어. 내가 끝까지 함께 있어 줄지 확신하지 못한 거지. 그래서 너한테 아빠를 만들어 주려고 한 거다." 로이는 더 이상 자신도 믿지 않는 선전 문구를 외듯 중얼거렸다.

나는 가만히 기다렸다. 그가 나를 올려다보았다. 내 말의 진정한 뜻이 무엇인지 틀림없이 이해한 것 같았다.

그가 자기 손을 바라보았다. "당연히 신경이 쓰였지."

로이의 말이 진실인지 확인할 길은 없었지만, 나는 정말로 그를 믿고 싶었다.

"그래서, 어쨌든, 나는 약속대로 네 엄마의 옆을 지켰다. 그러던 어느 날 네 엄마가 릭에게 더 이상은 네 아빠 행세를 하게 할 수 없을 것 같다고 말했어."

"느닷없이요?"

"그런 셈이지. 하지만 릭은 사실을 부정하고 있었던 것 같아. 방문권을 요구하는 소송을 제기한 걸 보면." 로이는 화가 난 얼굴이었다. 심지어 자식을 지키려는 아버지의 얼굴 같기도 했다.

어쩌면 어느 순간에는 로이가 날 사랑했을지도 모른다는 생각이 들었다. 오늘 그가 나온 것은 그 역시 슬픔에 사로잡혀 있기 때문이 아닐까. 나는 차를 후후 불어 잔물결이 퍼지는 것을 지켜보며, 내가 그동안 나 자신에게 되뇌었던 모든 이야기가 그 잔물결에 실려 가는 상상을 했다.

세상에는 결코 풀리지 않는 수수께끼가 있는 법이다. 그리고 로이는 확실히 그런 수수께끼였다.

◆

"그래서…." 깊게 울리는 로이의 목소리가 이어졌다. "재판 절차

중 하나로 릭이 친자 검사를 받아야 했다. 당연히 음성 판정이 나왔지. 릭이 왜 그 검사를 받았는지 도대체 모르겠는데, 그것 때문에 우리 모두 비싼 대가를 치렀어." 로이는 고개를 저었다. "네 엄마가 나한테도 검사를 받으라고 했다. 아마 내 마음의 평화를 위해서였겠지."

"그 결과가 나왔을 때가 지금도 기억난다. 네 엄마가 할 말이 있다고 하면서 막 울더구나. 몹시 괴로워하면서." 로이는 찻잔이 자기 대신 이야기를 끝내 줄 것이라고 생각하는 사람처럼 찻잔을 빤히 바라보았다. "그날이 내 인생 최악의 날이었다."

나는 '당신 지금 장난해?'라는 표정으로 그를 바라보았다. 잔을 쥔 내 손에 힘이 얼마나 들어갔는지 잔이 부서지는 소리가 들릴 것 같았다.

"당신 인생 최악의 날이라고요?" 내 귀에 "인생 최고의 날?"이라는 파커의 목소리가 들리는 것 같았다. 우리가 자신에게 되뇌는 이야기가 다른 사람에게는 무기처럼 느껴질 수 있다. 로이는 나를 보지도 않고, 내 질문에 대답하지도 않았다.

"내 아버지가 누구인지 알아요?" 내가 물었다.

"내가 알았으면 좋을걸." 로이가 말했다. "너한테는 알 권리가 있으니까. 정말로. 네 엄마가 내게 해 준 말을 너한테 해 줄 수는 있다. 어떤 회의에서 만난 남자랑 하룻밤을 보냈다고. 그게 사실일지도 모르지."

그가 몸을 움직이자 의자가 삐걱거렸다. 늙어서 쇠약해진 이 몸에 갇힌 그의 예전 모습이 생각났다. 그의 팔근육과 매끈한 이마가 지금도 눈에 보이는 듯했다.

"확실히 알았으면 좋겠어요." 나는 그의 눈을 피하며 말했다.

"넌 아버지를 가질 권리가 있어. 진심으로 그렇게 생각한다."

내 눈꺼풀이 움찔했다. "알아요." 그것은 나의 가장 내밀한 진실이자, 묘하게도 로이가 누구보다 잘 아는 진실이었다.

찻집 사람들이 음악을 끄고 우리 잔을 가져갔다. 그래서 나는 힘들게 외투를 입고 허공을 향해 말했다. "그럼."

"잠깐만." 로이가 숨을 들이쉬었다. 그가 뭔가 시동을 거는 것이 보였지만 미처 막을 틈이 없었다. "너한테 하고 싶은 말이 있다."

나는 그 말을 듣고 싶지 않았다. 아직 준비가 되지 않았기 때문에. 그래서였다. 나중에 프로비던스에서 트레이너에게 권투를 배우기 시작하면서 나는 그때와 같은 기분을 느꼈다. 내가 크게 어퍼컷을 올려쳤는데 상대방이 그것을 피하면서 완벽한 후크로 날 휘청거리게 만들 때의 느낌.

"너한테 그런 짓을 해서 미안하다." 오래전에 그랬던 것처럼 이번에도 과장된 말투였다. "넌 아무 잘못이 없는데." 이번에는 그의 말이 진짜인지 아닌지 판단할 수 있다는 것, 매 순간 우리가 결정을 내려야 한다는 것을 알 수 있었다.

"그래요."

"난 지금도 매일 그 일을 되새기며 살고 있어."

우리는 서로를 빤히 바라보았다. 지난 한 시간 동안 로프에 몸을 기대고 공격을 막아 낸 사람처럼 진이 다 빠진 기분이었다. 로이는 마지막 순간에 화들짝 깨어나 내게 강한 펀치를 날렸다.

"그럼." 나는 애썼지만, 차마 당신 말을 믿는다고 말할 수 없었다.

"너한테 용서를 구하는 건 터무니없는 일이겠지만⋯."

"맞아요." 내가 반격했다.

로이가 시선을 들었다. 그의 눈이 젖어 있는 것 같았다. 아니면 그저 내 소망이 반영된 모습이었을 수도 있다.

"용서가 어떤 건지는 잘 모르겠지만⋯." 내가 말했다. "내가 잘 지낸다는 걸 당신은 알아야 해요. 난 행복해요." 이 말을 하는 순간 진실이라는 깨달음이 왔다.

세상은 사악하면서 아름답고, 어느 정도는 불가해하다. 하지만 그로 인해 이야기를 원하는 우리의 소망이 사그라들지는 않는다.

"당신도 아마 왜 그런 짓을 했는지 모를걸요." 질문이 아닌데 마치 질문처럼 들렸다.

그가 어디까지 말을 해야 할지 계산하는 모습이 보였지만, 중요한 것은 그의 대답이 아니었다. 나는 문제의 핵심을 짚고 있었다. 나는 상대를 괴물로 만들 생각이 없는 남자였다. 지금의 내 모습이 마음에 들었다. 4월의 그날 밤 내 등에 총이 겨눠진 것을 깨달은 그 순간부터 줄곧 내가 좇던 기분이 바로 이거였다. 나는 시간을 앞지를 수 있고, 내 몸이 나를 해방시키게 할 수 있고, 내 몸의 본능을 믿을 수 있었다. 나 자신을 알 수 있었다.

"그래." 로이가 결정을 내린 모양이었다. "아마 술을 너무 많이 마신 탓이었을 거다. 그땐 진짜 술을 많이 마셨거든. 네 엄마와 내 문제 때문에 스트레스가 너무 심해서."

스크루드라이버 잔들이 줄지어 내 앞을 지나갔다. 차 안에서, 저녁 식탁 위로, 크리스마스 아침에, 퇴근 후에. 하지만 그는 취한 상태가 아니었다. 어쩌면 그는 그저 항상 탓할 것을 찾는 사람인지도 모른다. 나는 그의 말을 그냥 무시해 버리고 정신을 집중한 채, 그가 진실을 말하기를 기다렸다.

"그리고 나는 정확히 말해서 학대를 당하지 않았어." 그의 목소리가 너무 작아서 거의 들리지 않을 정도였다. 숨소리가 많이 섞였고, 톤이 높았다. 평소 목소리와 놀라울 정도로 달랐다. 순간적으로 혼잣말을 하는 건가 하는 생각이 들 정도였다. "하지만 시골에서 자라는 동안 애들이 보면 안 되는 것들을 봤지."

나는 그의 얼굴이 분홍색으로 변하는 것을 지켜보았다. 그의 피부색이 나보다 훨씬 더 밝았다. 내가 옳았어. 나는 멍하니 생각했다.

"네가 큰아버지 존을 많이 좋아하는 것을 안다만, 존은 좋은 사람이 아니야."

귓가에서 심장이 뛰는 것 같았다. "무슨 소리예요?"

"우리가 어렸을 때 사촌들이 전부 우리 집에서 같이 놀곤 했다." 로이는 숨을 들이쉬면서 목소리에 힘을 모았다. "내가 네 살, 존이 아홉 살 때 있었던 일이 지금도 생생해. 사촌 형 세 명이 우리 앞에서 사촌 누나 한 명과 섹스를 하고 있었다. 언제나 있는 일이었어. 그런 짓을 안 하는 사람이 없었거든. 심지어 친남매들도."

"허." 찻집 안쪽에서 대학생 아이들이 설거지를 하며 자기들끼리

노는 소리가 들렸다. "존이 왜 나쁜 사람이라는 거예요?" 내가 물었다. 하지만 이걸 꼭 알아야 하나 싶은 생각이 들었다. 엄마가 처음부터 로이의 낌새를 알아차리지 못한 자신을 나무라던 생각이 났다. 그런 걸 미리 알아챌 수 있는 탐지기 같은 건 없다고 엄마에게 말해 주고 싶었다. 착한 사람들과 마찬가지로, 최악의 행동을 하는 사람들 또한 우리와 같은 인간이었다.

"존도 그중에 끼어 있었거든." 로이가 시선을 피했다. "존도 거기 포함되어 있었어."

존은 로이보다 겨우 몇 살 위였다. 그러니 그가 피해자일 수도 있었지만, 내가 그런 말을 할 필요는 없었다. 대신에 나는 로이의 집안의 다른 비밀, 그에게 이름을 준 로이의 이야기가 궁금했다. 누구나 자기만의 진실과 조용한 품위를 지킬 권리가 있다. 설사 남의 진실과 품위를 훔쳐 가려 하는 사람일지라도.

"뭐, 그런 일을 겪었다니 정말 안됐네요." 내가 말했다.

로이는 먼 곳을 바라보았다. 내 말을 들었는지 확실하지 않았다. "네 엄마가 나더러 혹시 학대를 당한 적이 있냐고 물었을 때 난 없다고 말했다. 그게 사실이니까. 하지만 그때 그런 일들도 일종의 학대였던 것 같아."

로이가 나와 눈을 마주쳤다. 나는 그가 질문을 던졌음을 깨달았다. 십중팔구 평생 누구에게도 물어보지 않은 질문, 내내 속에 담고 있던 질문일 것이다. 그런데 지금 그가 내게 마침내 속을 내보이고 있었다. 그의 드러난 약점에 칼을 찔러넣고 비틀어 버리는 건 아주 쉬울 것이다.

"물론이죠." 내가 말했다. "그건 학대예요."

"그래." 로이가 말했다. "내 생각도 같아."

나는 로이가 거기서 그 이야기를 끝낼 줄 알았다. "어쨌든 너는 나한테 그런 짓을 당할 잘못을 하지 않았다." 나는 그가 잘못이라는 말을 계속 몇 번이나 반복했음을 처음으로 깨달았다. 그에게도 그런 일을 당할 만큼 잘못하지 않았다고 말해 주고 싶었지만, 그건 그가 스스로 깨달아야 하는 문제였다.

"나는 그 전에도 그 이후로도 다시는 그런 짓을 한 적이 없어. 이젠 그때보다 더 나은 사람이 되었다. 정말 열심히 노력했거든."

"로이?" 그는 내게 한 대 맞은 것 같은 표정을 지었다. "난 항상 당신이 뭔가 세상에 이로운 일을 하기만을 바랐어요. 진심이에요. 그 일에 평생을 붙들리지 마세요."

"그래." 그는 혼란스러운 표정이었다. "어떻게 하면 되는데?"

나는 실망감을 드러내지 않으려고 애썼다. 그가 요점을 알아듣지 못할 줄은 몰랐다. "그냥, 애정을 쏟을 수 있는 일을 찾아서 하세요."

"그래. 혹시 네가 아이디어를 좀 보내 줄 수 있겠니? 이메일이나 뭐 그런 걸로."

나는 눈을 꾹 감았다가 떴다. "네, 뭐." 그리고 말을 이었다. "이제 가 봐야겠어요." 마침내.

"내일 한참 운전해야겠구나." 그가 대답했다. 나는 그것이 내가 가려는 이유인 척 구는 그를 잠시 내버려 두었다. 그가 상쾌한 밤공기를 향해 찻집의 유리문을 밀어 열고 잠시 모퉁이에 서 있었다.

"건강 조심해라." 그가 나와 악수하며 말했다.

"좋은 일을 하세요." 나는 열쇠를 짤랑거렸다. 그리고 우리는 좀 더 온화해진 분위기 속에서 잠시 그대로 굳어 있었다. 이런 시간 또한 유기적일 수 있다는 생각이 들었다. 시간은 균등한 길이로 창조되지 않았다. 기억이 어떤 순간은 길게 늘이고, 어떤 순간은 아예 잊어버리기 때문이다. 내 머리는 이 순간을 기억하고 싶어 했다. 그의 머리도 십중팔구 그럴 것 같았다.

"갈게요, 로이." 내가 마침내 주문을 깨듯이 입을 열었다.

"그래. 언제 나한테 편지라도 써. 알았지?" 그가 뒤에서 소리쳤다.

절대 안 쓸 거예요. 나는 속으로 생각했다.

"글쎄, 봐서요." 내가 말했다.

그는 이 말을 듣고 환히 웃으며 즐겁게 손을 흔들었다. 나는 그가 안개 속으로 점점 물러나는 것을 지켜보며, 그에게 이 순간을 허락해 준 것이 일종의 용서였다는 생각을 했다.

36.

모텔 앞에서 미친 듯이 빙글빙글 돌며 뛰고 있는 리틀 야구 선수들 소리에 나는 잠에서 깨어났다. 아이들은 소리를 질러 대는 새들처럼 아침을 반가워하고 있었다. 난 살아 있어! 아이들은 서로 지저귀었다. 난 살아 있어!

파커가 나를 바라보았다. 그녀에게서 바다와 젖은 길바닥과 친숙한 양념 냄새가 섞인 입 냄새가 났다. 내가 일단 테스토스테론 주사를 맞기 시작하면 어떤 냄새가 날지 궁금해졌다. 그녀가 느끼기에 사향 냄새가 더 강해지고, 덜 달콤해질까.

"기분이 어때?" 파커가 물었다. 나는 대답하지 않고 침대에서 뛰어 내려 블라인드를 열었다. 그리고 밖에서 빨간 운동복 차림으로 미친 듯이 움직이고 있는 사내아이들을 지켜보았다.

"저거랑 비슷해." 내가 말했다.

"그래?"

"내 인생 최고의 날 같아." 내가 이렇게 말하자 파커는 웃음을 터뜨렸다. 내 말이 진심임을 그녀도 알고 있었다.

어젯밤 그녀는 최고의 상태였다. 내게서 로이와 만난 이야기를 들으면서 대범하고 친절한 태도를 유지했으며, 단 한 번도 조언을 하거나 그게 다 무슨 뜻이냐고 묻지 않았다. 내 이야기가 끝난 뒤 나를 자기 쪽으로 끌어당겼을 뿐이었다. "네가 자랑스러워." 파커는 조용히 웅웅거리는 에어컨 소리와 쿵쿵거리는 그녀의 심장박동 소리를 들으며 내가 쉴 수 있게 해 주었다. 곧 나는 맑아진 머리로 잠이 들었다. 침대 발치에서 땀투성이 아버지가 불쑥 나타나는 꿈 같은 건 꾸지 않는 아이들이 스르르 잠들기 전에 느낀다는, 행복한 공백을 느낄 수 있었다.

우리는 차에 짐을 싣고 시내로 들어가, 내가 로이와 만난 찻집에서 멀지 않은 곳에서 엄청나게 커다란 컵에 든 아이스커피 두 잔을 샀다. 밝은 햇볕이 내 살갗을 뜨겁게 내리쬐며, 따끔한 안개를 잠시 태워 버렸다.

"이제 갈까?" 파커가 패스트리를 손에 들고 물었다. 아직 이른 아침이었고, 솔트레이크까지는 차로 열 시간이었다.

우리는 내가 전날 밤 차를 세웠던 샛길을 걸어 그 찻집 앞을 지나쳤다. 계산대에서는 어제의 그 남자가 1달러 지폐들을 세고 있었다. 그가 시선을 들어 우리를 보았지만, 나를 알아보았는지는 알 수 없었다. 내가 로이를 마지막으로 본 길모퉁이에서는 시끄러운 남자들 무리가 넥타이 차림으로 신호등이 바뀌기를 기다리고 있었다.

어쩌면 내가 나중에 로이의 장례식에 가게 될지도 모르겠다는 생각이 들었다. 양복을 입은 남자가 되어 이 도시에 나타나 아버지를 땅에 묻는 아들 역할을 하게 될 수도 있겠지.

"자동차 여행이다!" 파커가 선글라스를 쓰면서 말했다. 세상은 낯설고, 우리는 많은 곳에서 이방인이라는 생각이 들었다. 그러나 우리는 지금 여기서 차에 오르며 우리의 존재를 알리고 있었다. 나는 후진 기어를 넣었고, 파커는 방향을 살펴 내게 가르쳐 주었다.

"동쪽으로 가, 청년!" 파커가 커피의 기운과 모험에 대한 기대로 들떠서 명령했다.

"뭐?" 내 촌스러운 표정을 본 파커가 물었다.

"알잖아." 내가 말했다.

파커의 입꼬리가 움직여 미소를 짓는 것이 보였다. 파커는 숨기려 했지만 소용없었다. 나는 점점 흐려지는 내 몸속에 보이지 않게 숨어서 점차 실체를 갖추고 있는 남자였다. 우리는 풀이 무성하고 냄새가나는 소치기 마을, 보라색 산, 발전소, 옥수수밭, 트레일러 캠핑장, 빨간 사막을 향해 움직이는 자동차 대열에 합류했다. 그것이 우리 미합중국의 진정한 모습이었다. 내가 그 모든 것을 품을 수 있을 것 같았다. 나는 그 모든 것이었다. 나는 이미, 언제나 집에 와 있었다.

V
살아 있는 남자

37.

와이오밍에 들어선 뒤 나는 사우스캐롤라이나로 갈 때처럼 아침마다 꿈을 꾸듯 정해진 일상을 반복했다. 무늬 없는 티셔츠와 청바지를 차려입고, 팔다리 끝에 향수를 뿌린 뒤, 모자를 쓰고 고개를 숙였다. 그리고 주유소에서도 톨게이트에서도 술집에서도 사람들과 필요 이상으로 말을 섞지 않았다.

파커가 내 안전을 걱정했는지는 모르겠지만, 내게 말로 표현하지는 않았다. 우리는 덤불이 굴러다니는 마을들을 달렸다. 파커는 물을 사러 가게에 가거나 호텔에서 체크인을 할 때 혼자 움직였다. 그래서 분개하거나 외로웠을지는 모르겠지만, 그 점에 대해서도 그녀는 역시 입을 다물었다. 하지만 나는 파커가 다시 차에 오를 때마다 약간의 슬픔과 두려움이 밀려오는 것을 느꼈다. 파커가 언제까지 나의 통역사 역할을 해 줄까? 언제쯤 되면 파커가 나를 가려 주지 않아도 될 만큼 남자처럼 보일까?

커피 컵들이 가득한 자동차 안에서는 편안함과 친숙함이 느껴졌

207

다. 파커가 무엇을 보고 감탄할지도 미리 알 수 있었다. 텅 빈 고속도로 변에 자리 잡은 영양, 손으로 그린 간판을 매단 임시 트레일러 술집, 우리가 콜로라도로 방향을 꺾으면서 일몰 무렵에 통과한 바위산.

아침마다 나는 흠집 난 거울 속 내 모습을 엄격하게 바라보았다. 내가 처음으로 테스토스테론 주사를 맞기로 되어 있는 그달 10일이 이제 일주일도 남지 않았다. 나는 평생 처음으로 남자처럼 '구는' 것이 아니라, 남자가 되어 가고 있었다.

주유소의 한 칸뿐인 남자 화장실에서 손을 씻을 때처럼 불안한 순간에는, 남자가 되어도 남자인 척 구는 것처럼은 되지 않기를 바랐다. 나는 거울을 보며 남자가 된 내 모습을 상상해 보려고 했다.

내 목소리가 굵직해질 수도 있고 갈대처럼 가늘어질 수도 있었다. 대머리가 될 수도 있고 아닐 수도 있었다. 비쩍 마른 사람이 될 수도 있고 근육질이 될 수도 있었다. 털이 많아질 수도 있고 여드름투성이가 될 수도 있었다. 나도 나 자신을 알 수 없었지만, 내 몸은 무엇이 필요한지 알고 있었다. 내 몸은 나를 기다리고 있었다.

◆

카우보이들에게 며칠 동안 곁눈질을 받고 나니 남자 화장실 문을 밀고 들어갈 때마다 배 속이 죄어들었다. 나는 신발이나 수염이 보이는지 화장실 안을 훑어보고, 내가 화장실 칸으로 가는 동안 나를 보는 사람들에게서 눈을 떼지 않았다. 매튜 셰퍼드가 매달린 래러미 근처의 울타리를 떠올렸다.

허긴스는 나를 죽이지 않았지만, 내가 다른 사람 손에 죽을 수도 있었다. 나는 끈적거리는 술집 화장실에 들어갈 때마다 그 사실을 생각했다. 누군가가 나를 해치려 할 때 이유 따위는 중요하지 않다는 사실을 이미 알아차린 어릴 때처럼. 인간으로 살아간다는 것은 곧 남들의 자비에 자신을 맡긴다는 뜻이었다. 칼날 앞에서는 불편한 현실이지만, 내 인생에 대해 이러쿵저러쿵 지시를 내릴 사람을 선택할 권리는 내게 있었다.

"궁금한 게 있는데…." 오래전 성전환 남성인 브랜드 티나가 살해당해 땅에 묻힌 마을을 지나갈 때 파커가 말했다. "왜 그 사람이 계속 거기에 살았던 것 같아? 도시로 이사할 수도 있었잖아. 그랬다면 지금도 살아 있을지 모르는데."

밖은 어스름하고 건조했다. 몇 킬로미터를 달리는 동안 보인 것이라고는 가끔 지나가는 픽업트럭 몇 대와 낮게 축 늘어진 광대한 하늘뿐이었다.

"여기가 좋아서 그랬나?"

파커는 설마 그랬겠냐는 듯이 주위를 둘러보았다.

"아니면… 나도 모르겠다. 어쩌면 본연의 모습으로 살기 위해 강제로 이곳을 떠나야 하는 게 싫었는지도 모르지." 내가 말했다.

파커는 똑바로 앞을 바라보았다. 내가 무슨 말을 한 건지 알 수 없었다. 나는 예전에 피츠버그를 떠나 보스턴으로, 샌프란시스코로 이주했다. 그리고 지금 다시 도망치기 위해 동쪽으로 향하고 있었다. 나는 한곳에 붙잡히지 않는 편이 좋다고 믿었다. 내 본연의 모습이라고 믿는 나의 정체성 또는 내 인생이 마땅히 향해야 한다고 믿는 곳을 지키기 위해 망가지고 싶지 않았다. 무엇이 남자를 만드는가? 남자는 스스로 남자가 된다.

파커가 입술을 깨물었다. 고등학교를 졸업한 뒤 쇼핑몰에서 궂은 일을 하며 돈을 모은 덕분에 이렇게 떠날 수 있게 됐다는 생각을 하는 것 같았다. 때로는 떠날 때를 아는 것만이 내게 남은 유일한 선택지일 때가 있다.

"그런 건 아무 의미가 없어." 파커가 아주 단호하게 말했다.

"난 어떤 의미에서는 용감했다고 보는데." 진심이었다. "주위에서 위협을 받으면서도 그런 식으로 자신의 주장을 지키는 일에 헌신하는 것 말이야."

"난 슬프다는 생각이 들 뿐이야." 파커가 말했다. 우리는 누구도 반드시 그런 식으로 용감해질 필요는 없다는 생각에 동의하면서 함께 입을 다물었다.

이 나라에서 가장 광대한 하늘 아래에서 그가 힘없이 별을 헤아리는 모습이 보이는 것 같았다. 그는 내가 이제야 비로소 이해하기 시작한 것, 즉 중요한 문제는 누가 날 해치거나 해치지 않는 것이 아니라는 점을 이해했기 때문에 용감해졌다.

중요한 문제는, 누구도 해칠 수 없는 나의 일부가 있음을 알고 무슨 일이 있어도 앞으로 나아가는 것이었다.

38.

나는 미처 예상하지 못했다. 아가씨라는 호칭이 그렇게 빨리 청년으로 바뀔 줄은. 남자들이 목이 긴 맥주병이나 경제적인 문제에 대한 조언을 들고 기대에 차서 그렇게 편안히 나를 대할 줄은. 그들의 아내들이 내게서 고개를 돌릴 줄은.

테스토스테론이 그렇게 자극적인 효과를 낼 줄도 몰랐고, 그로 인해 거의 항상 짜증이 부글거릴 줄도 몰랐다. 원인을 알 수 없이 다리에 쥐가 나는 증상, 재빨리 자라기 시작한 수염, 턱걸이를 한바탕 할 때마다 팔에서 불끈거리며 부풀어오르는 근육도 예상하지 못했다.

5센티미터쯤 되는, 무서울 정도로 긴 주삿바늘도, 테스토스테론이 기름진 호박색이라는 것도, 내 삶이 피검사 때문에 점점 병원에 매이게 될 것이라는 사실도 예상하지 못했다.

세속적인 즐거움도 예상하지 못했다. 점점 부풀어 오르는 가슴근육을 손으로 만져 보거나, 셔츠를 들어 올리고 단단해진 복근을 살펴볼 때의 기쁨 같은 것. 내 무게중심이 변하는 것도, 종아리근육이 엄청 커져서 바짓자락에 쓸리는 것도 예상하지 못했다. 내 고갱이가 차분해지는 것, 호수처럼 잔잔해지는 것도 예상하지 못했다.

◆

그때 나는 어떤 남자였을까? 이 물음에 답하기가 그렇게 어려울 줄도, 남자가 되는 과정에서 얼마나 많은 땀을 흘리고 섬세하게 신경을 써야 하는지도, 내가 복잡한 현실을 설명할 길이 없어서 그냥 "난 아주 잘하고 있어!"라고 대답한 뒤 활짝 웃게 될 때가 이렇게 많을 줄도 예상하지 못했다. 자정 무렵 부엌 창문에 점점 떡 벌어지게 변해가는 내 모습이 비친 것을 봤을 때, 그 몸이 더 이상 상상 속 존재가 아니라 실제 내 몸이라는 점만 빼면 십 대 시절 옷을 갈아입을 때와 똑같은 기분이 될 줄도 예상하지 못했다. 그런데도 나는 입에서 맥주 냄새가 나는 뉴잉글랜드 남자들에게서, 스포츠와 휴가 계획에 대해 무뚝뚝하고 딱딱 끊어지는 말투로 죽이 잘 맞던 친절한 남자들에게서 뒷걸음질 쳤다.

한편 남자 동성애자들은 내가 남들과 다르다는 점을 감지하고 어두운 술집에서 내게 작업을 걸었다. 그쪽도 나도 모두 당황스러운 일이었다.

파커는 내게 첫 면도기 세트를 사 주고, 수염이 자라기 시작한 내 턱을 손으로 문질렀다. 하지만 내 몸이 점점 커질수록 그녀의 일부가 움츠러드는 것을 나는 느낄 수 있었다. 변화가 너무 빨랐다. 야구 연습장에서 야구공이 튀어나오는 속도 같았다. 신문사에서 일을 마친 뒤, 나는 매일같이 지치고 들썩거리는 몸으로 집에 돌아왔다. 파커는 내 변화를 꼼꼼히 기록해 두면 계속 나를 친숙하게 여길 수 있다고 생각하는지 내 몸에 자라는 털 하나하나를 계속 확인했다.

우리 둘 다 정말로 인생을 다시 시작하고 있다는 사실이 분명해질 때까지는 판단을 미뤄야 한다고 주장했다.

파커는 천장의 모양과 우아한 창문 때문에 마치 우리의 환상 속에서 튀어나온 것처럼 보이는 거실 소파에 누워 낯선 사람을 보듯이 나를 바라보았다. 나는 불안감 때문에 수많은 질문을 던져 대고 있었다. 다른 남자들이 포옹을 하는지 안 하는지 내가 왜 신경을 썼지? 그런다고 내가 못할 게 없잖아? 하지만 여자 쪽에서 포옹을 원하지 않았다면, 내 행동이 강압적으로 여겨졌을까?

나는 무서웠다. 수영하러 가고 싶지도 않고, 가슴에 털이 숭숭 난 사람들 옆에서 여전히 빈약한 내 가슴을 드러내고 싶지도 않았다.

"이제 남자가 됐으니까, 항상 너 자신에 대해 이야기하는 게 좀 다르게 보여." 파커가 말했다. 그녀의 지친 목소리에 나는 겁을 먹었다.

"네가 잘 몰라서 그래!" 나도 모르게 고함을 질렀지만, 나는 분노를 어쩌지 못해 혈관이 불룩 튀어나온 남자가 아니었다. 자신이 어떤 사람인지 모르는 남자도 아니었다.

내 몸은 올바른 모습이 되었지만 나 자신은 잘못된 이야기 속에 갇혀 있는 기분이었다. 파커는 울면서 내 말이 맞다고, 자기가 잘 몰라서 그런 소리를 했다고 말했다.

39.

남자가 되어 가는 과정은 밝으면서도 긴장되게 느껴졌다. 진한 커피 한 잔을 마셨을 때처럼 소란스러운 에너지가 달콤 쌉쌀한 불꽃을 터 뜨렸다. 권투처럼 잔인하면서도 우아했다. 내 몸이 변하는 물리적인 과정이.

"이건 발레야." 내가 잽을 넣고 몸을 피했다가 훅을 넣는 모습을 지켜보며 파커가 말했다. 마침내 이해를 받으니 마음이 풀어졌다.

후텁지근한 한여름에 나는 호르몬 주사를 준비하다가 바늘로 내 손을 잘못 찔렀다. 강렬한 빨간색 피가 손마디 위로 아름답게 퍼졌다. 격렬한 광경이었다. 공중화장실에서 내가 주먹을 쥐게 만드는 그 활기 있고 날선 긴장감과 비슷했다. 내게 내 몸은 보호할 가치가 있는 성(城)이라고 말해 주는 긴장감이었다.

많은 친구들이 내게 엄마처럼 굴었다. 모두 나만큼 자기들의 몸에 집착하며 몸의 변화와 거기에 드는 비용을 계산했다. 몸무게와 자주 멍해지는 증세, 그리고 자기들이 발을 들여놓고 있는 무심한 세계 또

214

는 규범적인 세계를 생각했다. 그들은 두려움과 흥분을 한꺼번에 느끼면서도 마음의 준비가 덜 되어 있었다. 나처럼.

처음 몇 달 동안은 모든 것이 훨씬 더 생생하게 느껴졌다. 색깔, 내 체취, 성별 차이와 관련된 실수, 내가 안 보는 줄 알고 나를 유심히 살피는 오랜 친구들의 다정하고 가차 없는 응원 등 모든 것이. 나는 껍데기에서 벗어나 노출되었으나 아직 방어책을 마련하지 못한 짐승이었다.

나는 남동생 스콧에게 평소보다 더 자주 전화했다. 그는 내가 사춘기에 대해 편안하게 물어볼 수 있는 유일한 남자였다. 나의 변화에 대해 스콧이 처음 보여 준 반응 덕분에 서로 어색하게 지내던 수년 간의 세월이 지워지고, 우리는 마법처럼 형제가 되었다. 샌프란시스코를 떠나기 전 맥주나 한잔하려고 스콧과 만났을 때가 내가 불안감 때문에 땀을 뻘뻘 흘리며 마구 술을 마시던 시기였음을 생각하면 재미있다. 스콧의 반응을 내가 왜 나쁘게 예상했는지는 잘 알 수 없었다. 어쩌면 어린 스콧의 턱과 호리호리한 몸이 로이와 닮은 것을 보고 내가 뒷걸음질을 쳤기 때문인지도 모른다. 내가 남자들에 대해 어떤 감정을 갖고 있는지, 그리고 그동안 얼마나 잘못된 생각을 했는지 아는 사람은 스콧이 유일했다.

그날 스콧은 직장인 실리콘밸리의 닷컴 회사에서 일을 마치고 내가 고른 발렌시아의 어두운 술집으로 곧장 왔다. 내가 중요한 할 말이 있다고 말하자 심각한 표정을 지은 스콧은 믿을 수 없을 만큼 강하고 어른스러운 사람이 된 것 같았다. 내가 호르몬 주사, 내 몸에 일어난 변화, 바뀐 이름에 대해 대충 얘기해 준 뒤 스콧은 안심한 얼굴로 웃음을 터뜨렸다. "그게 다야?" 스콧은 고개를 절레절레 저었다. "난 또, 진짜. 누나는 항상 나한테 형이었어."

그렇게 해서 스콧과 나는 자주 전화하면서 근육과 호르몬에 대해, 그가 하키를 하던 고등학교 시절(하키 경기에서 느끼는 공격성과 호르몬의 작용)에 대해 이야기하게 되었다. 스콧은 내게 곧 균형을 찾게 될 것이라면서, 열심히 해 보라고 말했다. 호르몬으로 달라진 힘을 근육 운동에 쏟아 나 자신을 강하고 훌륭하게 만들어 보라고.

"너 같은 남자는 없어." 파커가 말했다. 물론 옳은 말이었지만, 나는 내가 아는 모든 좋은 남자 중에서 스콧을 떠올렸다.

파커와 나는 멕시코에서 사 온 해먹을 뒷마당 전나무 밑에 매어 놓고 거기에 누워 있었다. 우리의 인생처럼 우리 몸이 공중에 떴다. 파커는 눈을 가늘게 뜬 채 나를 바라보았고, 나는 주근깨가 있는 그녀의 코에 입을 맞추며 신혼여행 때의 내 몸과 지금의 몸은 서로 다르다는 생각을 했다. 다르기도 하고 아니기도 했다. 그 순간 나는 이런 현실을 감내하며 사는 것이 가장 어려운 일이 될 것임을 깨달았다.

나 같은 남자는 없다. 나는 성전환 남성이고, 눈에 보이지 않는 남자였다. 나의 여러 모습이 한꺼번에 하나로 통합되지 못하는 것을 받아들여야 했다.

나는 우리의 체취를 들이마셨다. 우리가 몸에 바른 코코넛 로션 냄새가 났다. 그리고 어렸을 때 알던 모기와 똑같은 모기들을 손짓으로 쫓았다. 그러나 세상이 살짝 기울어져 달라진 것 같았다.

나는 하나뿐인 남자가 될 수밖에 없었다. 달리 선택의 여지가 없었다.

◆

"네 목소리!" 엄마가 말했다. 숨이 가쁘지만 들뜬 목소리였다. "네 삼촌들 목소리랑 똑같아."

어머니가 전화기에 뜬 이름을 보고 카펫이 깔린 계단을 뛰어 올라온 것은 내 예상대로였다. 십중팔구 전화기에 내 바뀐 이름을 저장해 두었겠지만, 혹시 누가 알겠는가. 내가 엄마에게 전화하는 것을 그토록 오랫동안 미룬 이유 중 하나는, 솔직히 말해서 엄마가 이름을 바꿔놓지 않았을까 봐, 내가 엄마한테 영원히 토머스가 되지 못할까 봐 두렵다는 것이었다.

"할머니는 어떠세요?" 내가 물었다. 내가 알기로 할머니는 자신이 배를 타고 뉴올리언스로 여행을 떠나는 줄 알고, 강가에 모인 친구들에게 손을 흔들어 작별 인사를 하셨다. 과학자인 엄마가 치매 병동에서 할머니에게 가족사진을 보여 주는 광경을 생각하면 나는 마음이 약해졌다.

"잘 지내셔. 거기 가서 더 나아지셨어."

슬픈 침묵이 흘렀다. 내가 알기로 할머니는 엄마에게 그리 편안한 어머니가 아니었다. 때로는 자식을 극성스럽게 싸고돌았지만, 날선 태도로 냉정하게 굴 때도 있었다. 엄마의 슬픔이 내가 대학 시절에 살

217

던 아파트의 유리창에 매달린 고드름처럼 얼어붙은 것이 느껴졌다.

"지금 내 나이까지 양 부모가 다 살아 계신 사람은 별로 없어." 엄마는 마치 오래전에 시작한 대화를 잇듯이 말했다. "난 운이 좋은 거야. 벌써 예순일곱 살이잖니, 세상에."

"고생해요, 엄마." 나는 죽음 외에 다른 생각을 하려고 했다. 엄마가 음성 사서함에 남긴 말들을 제외한다면, 우리는 몇 달 만에 처음으로 대화를 나누는 거였다. 2월에 보낸 편지에 엄마가 답장을 하지 않고, 내가 로이를 만난 뒤로 처음이었다. 몇 주 전부터 우리가 짧고 조심스러운 이메일을 주고받은 것이 쌓여서 오늘의 대화가 가능했다.

여름이 반짝반짝 지나가는 동안 나는 엄마가 너무 보고 싶다는 생각이 조금씩 들었다.

밖에서는 잔디 깎는 기계들이 여름의 기도를 하듯이 윙윙거렸다. 나는 부엌 창문을 통해 어떤 붉은 새와 눈싸움을 했지만, 이웃집 아이들 한 무리가 알아들을 수 없는 소리를 지르며 뛰어가는 바람에 놀란 새가 날아가 버렸다.

"그건 그렇고, 네 편지를 읽었다." 엄마가 화제를 바꿨다. 지금쯤 십중팔구 손등으로 눈물을 훔치고 있을 터였다. 엄마는 소리 하나 내지 않고 우는 재주가 있었다. "그래, 뭘 알고 싶은 거니?"

갑자기 그 모든 게 아무 상관없다는 생각이 들었지만 그래도 계속 밀어붙였다. 지금 물러난다면, 나 자신의 중요한 일부를, 즉 내가 정확히 어떻게 태어나게 됐는지가 아니라, 그런 과거에도 불구하고 내가 어떤 사람이 되었는지를 영원히 알 수 없을 것이다.

"엄마한테는 힘든 이야기인 거 알아요." 내 말에 엄마는 아무 대답도 하지 않았다. "그냥 자초지종을 다 알고 싶어요."

"네가 알고 싶다면 뭐든 다 이야기해 줄게." 엄마가 작은 소리로 말했다. 나는 창문에 비친 내 모습을 유심히 보았다. 옛날에 나는 기묘하게 이글거리는 태양 아래가 아니라, 달빛이 내 모습을 신비롭게 뭉개 놓는 시간에만 내 모습을 보았다. 지금 비치는 모습은 그때와 영 달랐다. 빨간 점 같은 여드름, 소가 제멋대로 핥아 놓은 것 같은 머리카락, 온전한 진실. 그래도 나는 시선을 돌리지 않았다.

"어디서부터 시작할까?" 엄마가 물었다.

"처음부터요." 나는 엄마의 탄생 또는 할머니의 탄생을 생각하며 말했다. 하지만 엄마가 어떤 사람인지 알기 때문에, 언제나 그렇듯이 엄마의 이야기는 나로부터 시작될 것이다.

◆

"네가 이해를 좀 해 줘. 난 그냥 아이를 가지고 싶었어. 서른여섯 살에 이혼을 앞두고 있었으니까. 그때는 아이 아빠가 있고 없고는 별로 상관이 없었어."

나는 인정한다는 소리를 내려고 했다. 사라졌으면 싶은데도 자꾸 내 가슴을 흔들어 대는 바람 소리 같은 것을 무시하려고 했다. 삼십 대인 내 독신 친구들이 내게 같은 말을 하던 기억이 떠올랐다. 그녀들은 아이를 낳으면 남다른 가정환경을 보상하기 위해 두 배로 사랑해 줄 것이라고 맹세하곤 했다.

"하지만 엄마, 내가 아버지를 원하면 어쩌려고 했어요?"

엄마의 침묵에서 엄마가 받은 충격이 생생히 느껴졌다. "그게, 그런 생각은 안 했어." 엄마가 말했다. "할걸 그랬다."

"했어야죠." 내가 말했다. 내 목소리가 조금 차가웠다.

"내가 인생을 함께하고 싶은 남자를 찾지 못할 거라고 생각했거든. 솔직히 남자에 대해서는 이미 포기한 것 같은 상태여서. 그냥 혼자서 널 키울 생각이었어. 그게 내 계획이었다고. 그 계획대로 했어야 하는 건데."

평생 처음으로 나는 엄마를 위로해 주고 싶지 않았다. 엄마의 기분이야 엄마 마음이었다. 이것은 엄마의 이야기지 내 이야기가 아니었으니까.

"그래서 어떻게 됐어요?"

"로이랑 데이트를 시작했지. 아주 가볍게. 그리고 얼마 안 돼서 어느 회의에서 짐을 만나 딱 한 번 같이 밤을 보냈어. 로이랑 나는 정식으로 사귀는 사이도 아니었으니까, 별일도 아닌 것 같았지."

"그다음에 로이랑 진지한 관계가 됐고요?"

"맞아." 엄마는 과학자다운 목소리를 냈다. "널 임신한 걸 알게 됐을 때, 난 당연히 로이의 아이인 줄 알았어."

"하지만…." 이것이 엄마의 이야기의 중심축이었다. 나는 하마터면 그렇게 말할 뻔했지만 비열한 짓인 것 같았다. 일이 어디서부터 꼬이기 시작했는지 엄마는 이미 알고 있었다.

"상처를 줄 생각은 없었어." 엄마가 조용히 말했다. 부모가 이렇게 자신을 낮추는 모습은 사자들이 싸우는 광경을 보여 주는 자연 다큐멘터리 같았다. 나는 싸움에 진 사자가 고개를 숙이고 뒷걸음치는 장면을 볼 때마다 항상 느끼던 안쓰러움을 언뜻 느꼈다.

"알아요, 엄마." 내가 말했다.

"난 네가 태어나던 날을 계속 생각해." 엄마가 말했다. "제왕절개 수술로 태어난 너를 가림막 너머에서 나한테 넘겨 줬지. 그때 네가 날 똑바로 바라봤어." 엄마가 꿈을 꾸듯이 말했다.

나는 세상에 없던 아기가 태어나는 순간을 상상하는 것이 어떤 느낌인지 결코 이해할 수 없었지만, 남자가 아닌 사람을 남자로 만드는 기적에 대해서는 조금 알고 있었다.

"내가 그때 뭘 봤을까요?"

"모르지." 엄마가 말했다. "하지만 넌 시선을 돌리지 않았어."

지금 나는 토머스였지만, 동시에 엄마의 핍이기도 했다. 나는 이제야 나의 위대한 유산을 내려놓고 있었다.

나는 계속 뒤뜰을 바라보았다. 해먹이 유령처럼 흔들거렸다. 창밖으로 붉은 새가 움직이는 것이 보이더니, 파란 새가 나타났다. 내가 어린 시절에 보았던 새들의 행렬이었다.

"네가 다르게 살았으면 좋을 텐데." 엄마가 말했다. 자주 듣던 말이었다. 중요한 일이 있을 때마다 엄마가 쓸쓸하게 하던 말.

"난 그런 생각 없어요." 내가 말했다. 이번에도 내 차가운 목소리가 놀라웠다. 내가 주위에 두른 원이 경고하듯 반짝이는 칼날이 되어 있었다. "엄마가 그런 말을 할 때마다 내 삶을 제대로 알지 못하는 것 같다는 느낌이 들어요."

"그런 게 아니야!" 엄마는 이렇게 외치고 나서 좀 더 사려 깊게 말을 이었다. "난 네가 대견해."

물론 나도 알고 있었다. 어쨌든 엄마는 내 이야기 속에 아직도 남아 있었으니까.

"네가 날 용서했다는 걸 알아." 엄마가 한숨을 내쉬었다. "네가 어떻게 용서해 준 건지 모르겠다. 나는 절대 용서 못 할 것 같은데."

엄마의 말이 전부 옳지는 않았지만 나는 아무 말도 하지 않았다. "그건 엄마가 알아서 할 일이죠. 내 생각에도 꼭 용서할 필요는 없어요."

"난 그저, 그 사람을 사랑했어." 엄마는 스스로도 놀란 기색이었다. "지금은 그런 시절이 있었나 싶지만, 정말로 그랬어."

"알아요."

"알아?"

"네, 엄마, 당연하죠."

"아."

붉은 새가 돌아와 이 가지에서 저 가지로 폴짝거리며 소리를 질렀다. 옆집 지붕 위의 남자들이 반쯤 취한 채 웃통을 벗고 빠르게 망치질을 했다.

"아들이 하나 더 생긴 기분이 어때요?"

엄마는 웃음을 터뜨렸다. 안도한 기색이 역력했다. "놀라진 않았어." 엄마가 말했다. "네가 행복하다면 나도 행복해."

이건 진실이었다. 엄마는 언제나 그랬다.

"너한테 하나 물어봐도 되니?" 엄마가 말했다.

"그럼요."

"어렸을 때 내가 널 사랑한다는 걸 알고 있었니?" 엄마가 조심스레 물었다.

이것은 단순히 나하고만 관련된 질문이 아니었다. 아마도 할머니에 관한 질문, 또는 결국 성공으로 이어진 모든 실패에 대한 질문이었다.

엄마는 여러 면에서 지금의 나를 있게 해 준 사람이 아니던가.

내가 사랑받는 것을 알고 있었느냐고?

"물론이죠." 내가 말했다. 나는 단 한 번도 그것을 의심한 적이 없었다. 엄마 말이 옳았다. 결국은 그것만으로 충분했다.

40.

"우린 서로 변해야 해." 내가 뒷마당에서 칠면조 버거를 뒤집고 있는데 파커가 말했다. 늦여름이지만, 날이 갈수록 그림자가 짧아지는 것 같았다.

"나도 알아." 아니, 난 몰랐다. 정확히는. 내가 몸을 움직이는 기본적인 방법들을 다시 익히는 동안, 파커도 또 다른 빛을 얻었다. 그녀 역시 자신의 쌍둥이가 된 것 같았다.

"난 계속 네가 예전 모습으로 되돌아오기를 기다리고 있는 것 같아." 파커의 이 말을 듣고 나는 진심인가 싶어서 시선을 들었다. 파커는 나와 눈을 마주치지 않았다.

"아."

아직 별도 뜨지 않았는데 점점 벌레가 모여들어 견디기 힘들어졌다. 파커는 달콤한 아이라서 가장 먼저 벌레에 물린다고, 파커의 엄마가 내게 말했었다. 그 말은 언제나 진실이었다. 엄마들이 흔히 하는 말인 줄 알았는데.

"나도 같은 걸 기다리고 있는 것 같아." 나는 뚜껑을 닫고, 주인집 소풍 탁자에 파커와 나란히 앉으며 말했다.

"네가 정상으로 돌아가고 싶다는 거야, 아니면 내가 정상으로 돌아가기를 기다린다는 거야?"

"둘 다."

말하고 나니 기분이 좋았다. 해먹과 정원이 있는 낯선 마당을 둘러보는 것도, 내 것처럼 느껴지지 않는 몸일 때 잘 이해할 수 있었던 여자의 손을 잡고 내가 길을 잃었음을 인정하는 것도 기분이 좋았다.

"사실 세상에 미리 계획을 세울 수 있는 일은 없어, 그렇지?" 내가 물었다. "우리가 자신에게 들려주는 이야기를 바꿀 수는 있지만, 모든 것을 펼쳐 놓고 일이 어떻게 되어 가는지 두고 볼 수밖에 없다는 게 진실이지."

"바다와 비슷해." 파커가 이렇게 말하고 나서 긴장된 미소를 지었다.

"옛날의 우리가 그리워."

"나도 그래." 매미들이 단조로운 소리로 가차 없이 울어 댔다. 나는 손에 낀 반지를 빙빙 돌렸다. 그것이 내 뼈를 감싸고 있다는 사실과 그 묵직함이 나를 안심시켰다. "하지만 나 역시 변할 수 있게 해 줘야 돼." 파커가 날카롭게 웃었다. "난 변하고 있어."

"화가 났구나."

내 다리에는 어느 때보다 털이 많아졌다. 나는 맨살이 드러난 허벅지를 소용돌이처럼 뒤덮은 털을 열심히 바라보았다. 파커도 비슷한 생각을 했는지, 수풀처럼 수북한 내 정강이 털을 손가락으로 훑었다.

"네가 그립지만, 새로운 너도 좋아. 넌 토머스잖아."

"그게 무슨 의미인지 나도 아직 잘 모르겠어."

"알게 될 거야."

칠면조 고기가 지글거리며 튀는 것 같은 소리를 냈다. 나는 패티를 뒤집고 다시 의자에 앉았다. 엄마와 로이가 생각났다. 혈연이 어떻든, 내가 로이와 비슷한 사람이 되지 않은 데에는 엄마의 영향도 있다는 생각이 들었다. 파커는 운동복 티셔츠 차림으로 생각에 잠긴 듯 맥주를 조금 마셨다. 마치 가을을 기다리고 있는 것 같았다.

"사랑받는다는 걸 느껴?" 내가 물었다.

파커는 놀란 표정으로 나를 바라보았다. 그때 파커의 모든 모습이 내 눈에 들어왔다. 대학 시절 나와 함께 술에 취한 파커. 오클랜드에 있던 그녀의 아파트에서 동거하던 시절 아기 같은 얼굴을 하고 있던 파커. 샌프란시스코에서 가슴 제거 수술을 받으러 가는 나를 차로 데려다주다가 너무 겁이 난 나머지 길가에 차를 세울 수밖에 없었던 파커. 멘도시노에서 보라색 드레스 차림으로 샴페인을 따르던 파커. 커다란 눈과 넓은 가슴을 갖고 나처럼 지금까지의 모든 모습을 초월한 파커.

"무슨 소리야?" 파커가 다리를 찰싹 쳐서 통통한 모기 한 마리를 잡았다.

"사랑받는다는 걸 느껴?" 내가 다시 물었다. 파커는 자신의 반바지를 잡아당기면서 생각에 잠겼다.

"응, 그런 느낌이 들어." 파커가 부드럽게 말했다. "너는?"

우리는 7년 전부터 함께 보던 별들을 올려다보았다. 내가 초등학교 때부터 계속 찾아보던 바로 그 별들이었다. 북두칠성이 보였다. 내가 대학 시절 매일 밤 담배를 한 대 피우고 안으로 들어가기 전에 찾아보던 별자리. 그것은 내가 아직 이곳에 존재한다는 사실을 확인하는 일종의 의식이었다.

"나도." 나는 새로운 서약을 했다. 결코 깨어지지 않을 서약, 지금 이 순간처럼 손에 잡히지는 않지만 진실한 서약이었다.

◆

주말에 우리는 플럼섬으로 갔다. 날이 조금 쌀쌀한데도 아직 날씨에 굴복하고 싶지 않았다. 파커는 얼룩덜룩한 비키니 차림으로 누웠고, 나는 티셔츠 차림으로 앉아서 수평선을 바라보며 멕시코를 생각했다.

"왜?" 파커의 물음에 나는 고개를 저었다. "오늘 수영할 거야?"

"다음에." 내가 말했다. 그러나 벌써 낙엽이 물들기 시작했기 때문에 앞으로 1년 동안은 다음 기회가 없다는 사실을 알고 있었다. 문신을 한 남자 두 명이 맥주 캔을 들고 있는 것이 보였다. 오늘은 귀찮은 문제가 안 생겼으면 좋을 텐데. 셔츠를 입지 않은 채 남자로 통하기는 힘들었다. 나는 남자도 여자도 아닌, 조금 난해한 존재로 보였다.

"좋을 대로 해." 파커가 말했다. 내가 그녀에게 툴룸에서 있었던 일을 되새겨 줄 필요는 없었다. 물에 들어가고 싶은 마음은 있었지만, 또 물속에서 기어 나오는 꼴이 되고 싶지는 않았다.

파커가 폴짝 일어나서 선글라스를 담요 위로 던졌다. 그 옛날의 단호한 기세가 흘러넘치는 듯했다. 나는 파커가 이 바다의 주인이라도 된 것처럼 물을 가르는 모습을 지켜보았다. 그러다 보니 일어나서 응원을 해 주고 싶었다.

나는 햇볕에 탄 내 몸, 새로운 나를 내려다보았다. 종아리 근육이 완만하게 불거져 있었다. 나는 41번가를 달릴 때의 느낌을 찾으려는 것처럼 그 근육을 만져 보았지만, 당연히 찾을 수 없었다. 내가 원한 것은 지금 어떻게 해야 하는지 아는 나의 일부를 찾아내는 것이었다. 그러나 그 지식은 어느 특정한 부분에 있는 것이 아니라, 사방에 있었다.

시선을 드니 마침 파커가 파도의 틈새로 우아하게 들어가려 하고 있었다. 파커는 마치 물개처럼 파도 뒤편으로 빠져나왔다.

나는 일어서서 깃발처럼 내 셔츠를 흔들어 대는 바람을 맞았다. 확실히 여름의 마지막 날이었다.

내년이면 나는 더 이상 여러 자아 사이에서 고민하지 않는 토머스가 되어 있을 것이다. 하지만 지금은 가슴에 털이 하나도 없어서 매끈한 남자가 내 모습일 수밖에 없었다.

나는 파커가 파도를 향해 몇 번 더 몸을 던진 뒤 물 위에 똑바로 누워 둥둥 떠 있는 모습을 지켜보았다. 언제나 자신의 능력을 증명하고 싶어 하지만, 속으로는 긴장을 내려놓아야 하는 순간을 정확히 알고 있는 사람이야. 나는 애정 어린 마음으로 이런 생각을 했다.

바람에 티셔츠가 펄럭이면서 앞뒤로 흔들리는 바람에 내 몸의 형태가 계속 달라졌다. 수평선은 유한하면서 무한한 것처럼 보였다. 수평선은 멀리까지 바라볼 수 있는 곳, 끝이자 시작인 곳이었다.

나는 파커에게 걸어갔다. 파커는 고개를 들어 나를 보았다. 마침 내가 셔츠를 벗는 중이었다. 소금기 밴 바람 때문에 살갗에 소름이 돋았다. 변하는 중인 내 몸은 살아 있었다.

"여기야." 파커가 소리쳤다. "여긴 바다야!"

"그래, 여긴 바다야." 나는 마주 소리쳐 주고는 셔츠를 머리 위로 든 채 파도 속으로 철벅철벅 들어갔다. 파커처럼 우아한 느낌은 전혀 없고, 그저 나 자신의 고집스러운 힘이 있을 뿐이었다. 나는 물 때문에 어쩔 수 없이 속도가 느려질 때까지 계속 달렸다. 파커와 수평선이 사라졌다. 보이는 것이라고는 점점 커지는 파도뿐이었다. 내가 할 수 있는 것은 물속으로 몸을 던지는 일뿐이었다.

감사의 말

내 책을 믿어 주고, 나의 작업을 지치지 않고 응원해 준 시티 라이츠의 엘레인 카첸버거, 크리스 카로시, 스테이시 루이스와 미셸 티에게 감사한다. 나를 대신해서 끈질기게 애써 주고, 예리한 편집 실력을 보여 주고, 매번 내 책에서 가장 중요한 부분이 무엇인지 짚어 준 내 대리인 크리스 토머시노에게는 많은 신세를 졌다. 그녀의 예전 조수인 엠마에게는 2년 여 전에 나를 발견해 주고 처음부터 나를 이 길로 안내해 준 것에 대해 커다란 감사의 뜻을 표하고 싶다.

샌프란시스코 재단은 이 프로젝트에 꼭 필요한 지원을 해 주었다. 헤아릴 수 없을 만큼 많은 부분에서 나를 도와준 RADAR 프로덕션즈에게도 크게 감사한다.

《럼퍼스》가 내게 '내가 만들어 낸 남자'라는 칼럼의 지면을 제공하지 않았다면, 나는 필자로서 지금의 위치에 도달하지도 못했을 것이고, 지금 같은 남자도 되지 못했을 것이다. 스티븐 엘리엇, 아이삭 피츠제럴드, 조 루이즈, 그리고 특히 내 글의 편집을 맡아 준 줄리 그레이셔스에게 감사한다. 그녀는 아마 나 자신보다 더 나를 잘 아는 것 같다.

나의 예술 공동체에도 엄청난 신세를 졌다. 그들은 내게 메모를 전달해 주고, 내 강독회에 와 주고, 자신들의 강독회에서 내 글을 읽어 달라고 초대하고, 내게 술을 사 주고, 내 글을 발표해 주고, 홍보해 주고, 다정하고 넓은 마음으로 나를 응원해 주었다. 미셸 카터, 도나 드라 페리에르, 알렉스 더몬트, 애니스 그로스, 케빈 홉슨, 사이드 존스, 아말 주니, 케이티 리더먼, 캐리 레일람 러브, 제시카 매카시, 턱 메이요, 애니 메베인, 토니 미로세비치, 로렌 모렐리, 레이철 넬슨, 엘리자베스 스카보로, 새라 사인버그, 애나 벤투라, 다니엘 보젤, 케치 웨어, 유지니아 윌리엄슨, 헤더 우드워드. 이 프로젝트에 어떤 식으로든 참가했던 사람들의 이름을 모두 열거할 수 있을 만큼 지면이 충분하다면 좋겠다. 어쨌든 나를 도와준 모든 분들이 내 감사하는 마음을 알아주기 바란다.

훌륭한 시인이자 나의 가장 오랜 친구인 에밀리 칼슨에게는 몹시 특별한 감사의 말을 하고 싶다. 그녀의 수많은 지적과 충고 덕분에 이 책이 빛날 수 있었다.

형제이자 아들로서, 그리고 글을 쓰는 사람으로서 나를 사랑해 주는 가족들에게 감사한다. 힘든 부분까지 빼놓지 않고 우리의 삶을 글로 쓸 수 있게 허락해 준 가족들이다.

마이클 브레이스웨이트에게는 누구와도 견줄 수 없는 신세를 졌다. 그녀의 우정, 건방진 말, 믿음에 감사하며, 가족이 되는 법을 보여

주고, 그것이 바다와 같다는 점을 가르쳐 준 것에도 감사한다. 정말
로, 정말로 바다 같다.

살아 있는 삶에 대한 찬란한 탐구

흔들리는 신중함으로, 삶을 재구축하다

"이 이야기 속에서 내가 모든 답을 아는 것처럼 굴고 싶지는 않다."

『맨 얼라이브』는 에세이다. 토머스 페이지 맥비는 조심스러운 태도로 자신의 삶을 글을 통해 재구축하기 위해 노력한다. 쉬운 답은 없다. 이때야? 이런 이유야? 책을 읽는 당신은 책 표지나 홍보 문구를 통해 이 책이 여성에서 남성으로 성전환한 트랜스젠더의 이야기라는 사실을 이미 알고 있을 테고, 이미 확신한 답을 책에서 찾으려는 중일지도 모르겠다. 하지만 맥비는 흔들리는 신중함으로, 과거의 두 시기를 오가며 말을 꺼낸다. 2010년 4월, 29세이던 오클랜드에서 여자 친구 파커와 길을 가다 강도를 당하던 때, 그리고 1990년 9세 때 피츠버그에서 아빠의 성폭력을 경험하고 엄마에게 그 일을 말했던 때. 아빠가 감옥에 갔으면 좋겠느냐는 경찰의 물음에 '나'는 아니라고 답했고, 더 이상 말을 잇지 못하고 집 밖으로 뛰어나가던 순간의 기억. "나는 아무도 손댈 수 없는 투명 인간이 되는 법을 알아. 내 몸을 조금씩, 조금씩 잠재울 수 있어."라고 되뇌이던 아이로, 맥비는 되돌아간다.

무엇이 남자를 만드는가? 『맨 얼라이브』의 첫 문장은 토머스 페이지 맥비의 삶을 관통하는 화두인 것처럼 보인다. 파커는 말한다. "너의 성별은 처음부터 변한 적이 없어, 알겠어? 네가 무슨 일을 당해서 그렇게 된 게 아니라, 넌 처음부터 이런 사람이었어." 가장 가까운 이로부터 오는 지지와 별개로, 사회적으로 '여성'에서 '남성'으로 바뀌는 데는 수천 달러의 돈이, 수술이, 법원 출입이, 의사의 소견서가, 매주 허벅지에 직접 놓는 테스토스테론 주사가 필요했다. 2012년에 살롱 닷컴에 기고한 「트랜스, 하지만 당신 생각과 다른」이라는 맥비의 글은 그가 아주 어렸을 때부터 여성이 아님을 알았다는 사실을 분명히 하는 동시에, 미디어에 노출되는(혹은 미디어가 좋아하는 방식의) 트랜스젠더 이야기의 전형에 기대어 자신을 파악하지 않았으면 하는 바람을 드러낸다. 즉 잘못된 몸으로 태어나, 자살을 시도하거나, 정신적으로 불안정해지거나, 사회의 가장자리로 밀려나는 경험을 하고, 고통을 겪다 '정상적'으로 보일 수 있으리라는 기대를 안고 호르몬 치료나 성전환 수술을 받은 뒤, 마지막에는 불굴의 의지를 갖고 자기 자신을 믿은 사람이 쟁취하는 멋진 승리에 대한 교훈으로 끝나는 이야기 말이다. "그 모든 것은 사실이다. 하지만, 나나 어떤 사람들에게는 더 복잡한 문제다."

맥비는 현재 브루클린에 살고 있으며, 『맨 얼라이브』를 이은 두 번째 에세이 『아마추어: 남자를 남자로 만드는 것에 대한 진실된 이야

235

기*Amateur: A True Story About What Makes a Man*』도 발표했다. 《가디언》과의 2018년 인터뷰를 보면 그는 제시카 블룸과 결혼했고, 브루노와 헨리라는 이름의 구조견 두 마리, 그리고 올리브라고 불리는 고양이와 함께 산다. 그가 복서로 경기하는 모습을, 구글링 한 번이면 볼 수 있다. 아, 이것은 그러니까 해피엔딩인 이야기인가. 아니, 어떤 삶도 과정을 '엔딩'이라고 부르지는 않는다. 그러니 맥비는 질문을 멈추지 않는다. 무엇이 남자를 만드는가? 내가 좋은 남자가 될 것 같아? 『맨 얼라이브』는 바로 그 고민이 어떻게 시작되고 전개되었는지를 알려 준다.

과거와 욕망, 잃어버린 말을 되찾는 '유령 사냥'

2019년의 토머스 페이지 맥비는 복서다. 링 위에 선 그는 권투 글러브를 끼고 남성성을 선명하게 드러낸다. 2010년의 맥비는 또 달랐다는 말이다. 2008년에 받은 수술로 그는 납작한 가슴을 갖게 되었고, 남자들은 그를 게이 혹은 '남자가 아닌 존재'로 봤다. 그는 법적으로 여자였으며, 여자 이름을 그대로 갖고 있었다. 『맨 얼라이브』가 주무대로 삼는 1990년과 2010년은 '피해자'가 되는 '나'의 두 번의 경험을 들려준다. 1990년에 '나'는 여자아이였고, 침대에서 아빠에게 짓눌릴 때가 아니면 고물 캠코더를 들고 다니며 공포영화를 찍거나 숲속 은신처에 가 있었다. 다정한 아빠와 원시적인 사람은 사실 한 인간이지만 '나'에게는 두 사람이나 마찬가지였다. 아빠의 행동은 "나를 나 자신에게 낯선 사람으로 만들었다". 엄마는 "난 네가 평범한 아이처럼 자랐으면 좋겠어."라고 말하며 딸의 입에서 나올 말을 두려워한다.

그리고 2010년의 권총 강도가 있다. 뭘 좀 내놓으라는 강도의 말에 여자 친구는 지갑을, '나'는 파커의 말을 따라 "내 신용카드를 가져가."라고 말했다. "언제나 그랬듯이" 높은 목소리는 "충격적이었다". 강도를 놀라게 한 것이다. 여성과 남성의 데이트라고 생각하고 강도질하려고 총을 겨눈 남자는, 남성인 줄 알았던 사람이 여성의 목소리를 낸다는 데 깜짝 놀라 총을 내리며 "도망가."라고 말했다. 이렇게 살아난 2010년의 경험으로 '나'는 유령 사냥을 떠나기로 한다. 집안의 과거를 알아보기로, 아버지가 그런 사람으로 굳어진 이유를 탐색해 보기로. 지금 '나'의 생존을 위해 죽은 척하기를 그만두기로. 오래전에 한 유전자 검사로는 로이는 아버지가 아니라고 하지만 아마도 아버지일 가능성이 가장 높으니, 그의 어린 시절을 알아보는 과정. 맥비 자신이 학대자가 되지 않기 위한 조심스러운 탐색인 셈이다. 아버지의 아들이 되기 위하여, 동시에 아버지와의 인연을 끝내기 위하여.

무엇이 남자를 남자로 만드는가

『맨 얼라이브』는 '나' 한 사람만의 이야기가 아니다. 가족과 연인, 낯선 이들의 시선 아래 놓인 '나'도 있다. 파커는 언제나 그의 곁에 서 있었지만, 맥비가 테스토스테론을 맞고 몸이 달라지는 것을 느끼기 시작하면서 두 사람의 관계도 달라지기 시작한다. 맥비는 거울을 보며 생각한다. "나는 평생 처음으로 남자처럼 '구는' 것이 아니라, 남자가 되어 가고 있었다." 예상치 못했던 것은 테스토스테론이 그렇게 빠르게 효과를 낼지 몰랐다는 사실이었다. 그의 몸이 커지는 속도와 비례해 파커의 일부가 움츠러드는 걸 느낄 수 있었다. 두 사람 모두의 인생이 바뀌고 있는 중이었다. 테스토스테론 주사를 맞기 시작하고 얼마 지나지 않아 남자들은 맥비를 자연스럽게 그들 중 하나로 인식했다. 여자들은 그를 위협적으로 느꼈다.

두 번째 책 『아마추어』를 출간한 뒤 가진 《가디언》과의 인터뷰를 보면, 남자를 남자로 만드는 것은 무엇인지 맥비가 묻는 이유는 "물고기는 물이 젖어 있다는 사실을 알지 못한다"는 당연한 사실로부터 기인한다. 남자로 태어난 사람들이 인지하지 못하는 남성의 특권, 혹은 자신이 태어난 성별과 성별 인식 사이에 갈등이 없는 사람이 겪는 특권은 그가 경험하지 못했던 것이다. 『맨 얼라이브』에도 자세히 등장하는 강도 사건은 이 인터뷰에서도 언급되는데, "나는 굉장히 보이시하고 남성적이었고, 남자처럼 보였다. 강도는 내가 말을 하기 전까지 남자가 아니라는 사실을 몰랐을 것이다. 그리고 그는 도망쳤는데 다른 두 남자를 총으로 쏴 그중 한 사람이 사망했다." 맥비는 '여자 목소리'로 살아날 수 있었다. 그 경험은 생존이었지만 또한 실패였다. "나는 내가 틀렸다고 생각한 나의 일부분 때문에 자유를 얻었다. 나는 생명을 건졌지만, 동시에 내가 어떤 사람이 아닌지 깨닫는 계기가 되었다. 그 순간 나는 트랜지션이 필요하다고 생각했다."

"내가 보기에 세상은 아름답지만 망가진 것들이 있는 장소였고, 나는 그것들을 모두 사랑하고 싶었다." 어린 시절을 회고하는 맥비의 목소리를 읽는다. 사랑하고 싶다는 감정을 갖고 있던 시절에서, 고집 스러운 힘으로 사랑하고, 뛰어들고, 살아 있는 시절로 그가 이행해 왔음을 바라본다. 그래서 『맨 얼라이브』의 조심스러움이 누군가의 생명을 구하리라고 믿는다.

— 이다혜(씨네 21 기자, 작가)

북트리거 포스트

북트리거 페이스북

맨 얼라이브

남자를 살아내다

1판 1쇄 발행일 2020년 1월 20일

지은이 토머스 페이지 맥비 | 옮긴이 김승욱
펴낸이 권준구 | 펴낸곳 (주)지학사
본부장 황홍규 | 편집장 윤소현 | 기획 책임편집 김지영 | 편집 전해인
마케팅 송성만 손정빈 윤술옥 이예현 | 디자인 정은경디자인 | 제작 김현정 이진형 강석준
등록 2017년 2월 9일(제2017-000034호) | 주소 서울시 마포구 신촌로6길 5
전화 02.330.5265 | 팩스 02.3141.4488 | 이메일 booktrigger@naver.com
홈페이지 www.jihak.co.kr | 포스트 http://post.naver.com/booktrigger
페이스북 www.facebook.com/booktrigger

ISBN 979-11-89799-18-2 03840

이 도서의 국립중앙도서관 출판예정도서목록(CIP)은 서지정보유통지원시스템
홈페이지(http://seoji.nl.go.kr)와 국가자료공동목록시스템(http://www.nl.go.kr/kolisne)에서
이용하실 수 있습니다. (CIP제어번호: CIP2019052036)

북트리거

트리거(trigger)는 '방아쇠, 계기, 유인, 자극'을 뜻합니다.
북트리거는 나와 사물, 이웃과 세상을 바라보는 시선에 신선한 자극을 주는 책을 펴냅니다.